Zu diesem Buch

Ein melancholisch-stimmungsvolles Buch über Liebe, Trennung und Sehnsucht, über einen Mann, der über die Verzweiflung zu sich selbst findet.

»Ein niederländischer Urenkel Tucholskys ...« (»Frankfurter Rundschau«)

Cherry Duyns, geboren 1944, wuchs in Holland und Deutschland auf und arbeitet als Autor und Regisseur. Seine Filme (u. a. über Harry Mulisch, Henryk Górecki und Olivier Messiaen) wurden mehrfach ausgezeichnet. Mit der Szenenfolge »Herrenleid« gastierte er an der Berliner Schaubühne.

Cherry Duyns

Dantes Trompete

Roman

Aus dem Niederländischen von
Helga van Beuningen

rororo

Rowohlt

Für Jan Hagemeijer, Trompeter

Die Übersetzung wurde gefördert
vom Nederlands Literair Produktie-
en Vertalingenfonds, Amsterdam

Veröffentlicht im Rowohlt Taschenbuch Verlag GmbH,
Reinbek bei Hamburg, Dezember 1997
Die Originalausgabe erschien 1994
unter dem Titel »Dante's Trompet«
bei Thomas Rap, Amsterdam

Umschlaggestaltung Ingo Wulff
(Foto: Jacky LePage)

Druck und Bindung Clausen & Bosse, Leck
Printed in Germany
1290-ISBN 3 499 22180 2

Inhalt

As time goes by 7

There's rain in my eyes 36

Dancing in the dark 60

Stardust 91

Humming to myself 132

Chasing shadows 164

Time on my hands 202

Wirf weg, damit du nicht verlierst!,
ist die beste Lebensregel.
Friedrich Hebbel

As time goes by

Er saß einsam in einem Wintergarten am Meer, umgeben von endlosem gelbem Sand, der in der Sonne glitzerte. In der Ferne sah er, wie die nackten Körper seiner beiden kleinen Töchter von einer aus dem Nichts emporschießenden grollenden Woge erfaßt und höher und höher gehoben wurden, bis in den strahlenden Himmel. Er hörte ihre Freudenschreie, sie riefen seinen Namen, und er winkte. Er beschattete seine Augen mit einer Hand und schaute auf die unaufhaltsame Woge, die so breit wie der Horizont wurde. Auf der nassen Haut seiner Kinder funkelte gleißendes Licht. Fallt nicht runter! rief er, stand auf, gestikulierte ohnmächtig.
Die Woge zerbarst in Getöse und Schaum, und es wurde Nacht, mit einem purpurnen Mond, der still über dem Wintergarten stand.
Aus dem Meer kam ein kleines Pferd, blond, mit langwimprigen schwarzen Augen. Es war nicht größer als ein Kind, lief auf den Hinterbeinen und trug schwarze geschnürte Lackschuhe. Er wußte, daß es seinetwegen gekommen war, und freute sich darüber. Das Pferdchen öffnete die Tür zum Wintergarten und sagte, es sei sieben Wochen alt und hätte gern etwas Zwieback und ein paar Himbeeren.
Er nahm das kleine Pferd auf den Schoß und band ihm eine Serviette um. Er roch vorsichtig am Hals, der schwach nach White Linen duftete, aber auch

nach Zirkus und Frühling. Er schlang beide Arme um den warmen, weichen Körper, streichelte mit seiner Wange den Hals. Das Pferd schmatzte und summte. Als es satt war, sagte es »ich kann pfeifen« und pfiff ganz laut eine Melodie, wobei seine gespitzten Lippen zitterten.
»Ich hab ziemlich viele Zähne, was?« sagte das Pferd. Es öffnete das Maul, und er sah darin schwarzes Blut, Himbeeren und sich windende Maden. Das kleine Pferd lächelte und schloß die langbewimperten Lider. »Küß mich!« schrie es.
Er stieß es von sich und rannte durch den Sand, der zu Asche geworden war, aufs violettrote Meer zu. Dort rief er die Namen seiner Kinder.

Victor Klein zog gähnend die Vorhänge auf und öffnete das Fenster seines Arbeitszimmers unter dem Reetdach des weißverputzten Hauses, das sehr schön in einer schattigen Sackgasse in Heemstede lag und in dem er bereits seit vierzehn Jahren mit seiner Frau Elisa wohnte.
Er schaute hinauf zum graublauen Gewitterhimmel und nickte. Nach der lähmenden Hitze der letzten Woche war endlich Regen in Sicht.
Er stand am Fenster, knöpfte sein schwarzes Polohemd zu und pfiff dabei eine Melodie durch die Zähne, die ihm seit dem Wachwerden nicht aus dem Kopf ging. Er mußte an *Verklärte Nacht* denken, aber auch an *Thanks for the Memories.*
Er reckte sich und sah hinaus.
Sein Arbeitszimmer befand sich an der Vorderseite des teilweise mit Efeu bewachsenen Hauses, das

drei Stockwerke zählte und von der Straße aus hinter Kiefern, Rhododendren und einer herrschsüchtigen Trauerbirke fast verschwand, die er vor langer, langer Zeit zusammen mit seinen kleinen Töchtern gepflanzt hatte. Der Stamm war damals nicht dicker als der Besenstiel gewesen, den sie als Stütze daran gebunden hatten. Er liebte diesen Baum, das herabhängende Kleid aus raschelnden grünen Blättern im Sommer, den silbernen Stamm und das braune Gewirr feiner Zweige im Winter. Trauerbirke war Victor Kleins Spitzname geworden, seine Frau hatte ihn oft zärtlich so genannt. Inzwischen jedoch, die Töchter waren erwachsen und lebten woanders ihr eigenes Leben, sagte sie es nur noch selten, und wenn es geschah, so hörte es sich wie ein Vorwurf an.

Er band sich seine Bulova um.

Victor Klein trug die Zeit von früher.

Die Bulova war eine amerikanische Pilotenuhr von 1943, seinem Geburtsjahr. Er hatte versucht, hinter die Geschichte der Uhr zu kommen, hinter das Leben des Piloten, an dessen Handgelenk die Zeit verstrichen war. Vielleicht über Hamburg, Berlin, Dresden. Das mußte er in Erfahrung bringen, denn die Vergangenheit war seine ständige Begleiterin. Der Juwelier, der ihm die Uhr angeboten hatte, kannte lediglich die technischen Daten und erzählte, daß sie aus einer in der Schweiz erworbenen Kollektion stammte. Victor Klein hatte die Seriennummer 154943, die in den Boden der Uhr gestanzt war, ans amerikanische Verteidigungsministerium geschickt. Die Antwort, die er Monate später erhielt,

nahm ihm jegliche Hoffnung, je mehr über die Vergangenheit in Erfahrung zu bringen.
Manchmal sagte er zu seiner Frau: »Frag mal, wie spät es im Zweiten Weltkrieg ist!«
»Wie spät ist es?«
»Nein, Elisa, du mußt fragen, wie spät es im Zweiten Weltkrieg ist.«
»Na?«
»Es ist drei Minuten vor vier im Zweiten Weltkrieg, wenn du's genau wissen willst.«
Elisa Klein gab nichts auf die Vergangenheit.
Es wetterleuchtete grell.
Er sah auf, seine Augen schweiften durch den Garten.
Plötzlich erstarrte er.
Konnte es sein, daß das Leben stillstand?
Er beugte sich ein Stück aus dem Fenster und hielt den Atem an.
Alles war erstarrt. Als schaute er auf ein Foto. Nichts rührte sich mehr. Die Trauerbirke stand reglos da, das japanische Schiff, die weißen Rosen. Selbst das Wetterleuchten hing eingefroren am düsteren Himmel. Er blinzelte, doch die Welt, die vor ihm lag, setzte sich nicht in Bewegung.
War er gestorben?
Er ging mit langen Schritten zur Treppe.
»Elisa!«
»Was ist denn?« Ihre Stimme kam von irgendwo aus der Tiefe des Hauses.
»Könnte es sein, daß ich gerade gestorben bin? Weißt du was davon?«
»Gestorben?«

»Ja, ob ich tot bin, du weißt schon.«
»Das würde mich nicht wundern. Ich fahr übrigens gleich.«
»Tschüs«, brummte er und ging wieder zum Fenster.
Ein Wolkenbruch entlud sich über dem Garten. Das Laub wogte und glänzte. Blumen, schwer vom Wasser, neigten sich zur Erde. Victor Klein spürte, wie große Tropfen auf seinem Gesicht zerplatzten, und war zufrieden. Er liebte Regen, wenn er selbst im Haus war. Er hörte das Zuschlagen der Haustür und danach rasche Schritte im Kies. Er sah, wie Elisa mit über den Kopf gehaltener Aktentasche zu ihrem Auto rannte.
»Fahr vorsichtig, denk an uns!« rief er ihr nach. Beim Einsteigen schaute sie kurz hinauf. Victor Klein zuckte mit den Achseln und wandte sich ab. Er setzte sich an seinen Schreibtisch und stopfte sich die erste Morgenpfeife. Hinter ihm prasselte der Regen, und durch das geöffnete Fenster wehte der süße Geruch des dampfenden Gartens herein.
Neben ihm rumorte es. Er drehte seinen Bürostuhl um neunzig Grad herum und zog Elisas geblümtes russisches Tuch von dem Käfig, der auf einem Klavierhocker stand. Der Papagei trappelte aufgeregt auf seiner Stange hin und her und schoß immer wieder mit dem Kopf vor, als wäre er in einen Kampf verwickelt. »Guten Morgen, Booker, es regnet, und ich war gerade kurzfristig tot.«
»Elisa!« schrie Booker und pfiff grell drauflos.
Victor dachte an das kleine Pferd, das ihn nachts besucht hatte.

»Elisa ist weg.«
Er füllte Bookers Körner auf und goß frisches Wasser nach.
»Ich schäle dir gleich etwas Obst, denn Victor ist ein lieber . . .?«
»Lieber Kerl!«
»Richtig, Booker, ein ganz lieber Kerl, bin sehr gut auf dich zu sprechen.«
Er zündete die Pfeife an, drückte auf die Taste des CD-Players und ließ Glenn Gould zu Wagners *Tagesgrauen* ansetzen.
Er blies über das leere Blatt, das er mit einem Artikel für ein Automagazin füllen sollte. Er hatte den Auftrag gehabt, das Folkwang Museum in Essen zu besuchen, wo eine Dauerausstellung über die Alltagsgeschichte des Ruhrgebiets um die Jahrhundertwende gezeigt wurde.
»Heimatmuseum?« hatten die beiden alten türkischen Museumswärter hilfsbereit gefragt und mit gastlichen Armbewegungen auf die riesigen Säle mit den Überresten vergangener Leben gedeutet. Die Armut und Not von damals zur Schönheit erhoben. Betten, Schränke, Stühle, Schaukelpferde, Werkzeuge, Kleidungsstücke, Schuhe, Laden- und Büroeinrichtungen, schwarze Maschinen, die irgendwann einmal in Fabriken gepumpt und gestampft hatten, Fotos von Arbeitern und Kapitalisten, eine weiße Bettdecke mit dem blaugestickten Spruch:

Mein Grubenlicht soll Jesus sein –
so fahr ich fröhlich aus und ein.

Zweihundert Zeilen als Umrahmung der Farb-

fotos von neuen Automodellen vor dem Hintergrund qualmender Schornsteine und himmelhoher Schlackeberge. Pro Zeile fünf Gulden.
Die türkischen Hüter des Heimatmuseums lächelten unter ihren Schnauzern und tasteten mit dikken Arbeiterhänden ihre Gebetsketten ab.
Zweihundert Zeilen für unzählige Leben, die niemand vermißte, von denen niemand mehr etwas wußte.
Er ordnete seine Notizen, schraubte die Kappe von seinem Füllhalter ab und sah vor sich hin.
»Warum kann ich eigentlich nicht Klavier spielen?« fragte er sich, »was wäre das für ein Trost. Warum habe ich nur einen Hocker, auf dem auch noch Booker sitzt?«
»Tempi passati!« schrie Booker.
»Gut gebrüllt, Krummschnabel«, sagte Victor Klein.
Er sah auf seine Uhr. Im Zweiten Weltkrieg war es zwei Minuten vor neun.

Victor Klein stand im Garten hinter dem Haus und lehnte sich mit dem Rücken an das eigenhändig gebaute Gartenhaus, die Arme ausgebreitet, als erwarte er die Vandalen. Er ahnte, daß sich in seinem Leben nichts mehr ändern würde. Matt und glatt würde es verstreichen, bis es in einem letzten Aufflackern verlosch.
Die Sonne schien ihm ins Gesicht. Er schloß die Augen und dachte an die ersten Altersflecken, die er beim Schreiben an seinen Händen entdeckt hatte. Die Zeit war offenbar über Nacht in Galopp gefallen. So alt schon? Er war doch erst so kurz da. Er

wußte fast nichts und hatte doch schon seine jungen Hände verloren.
»Elisa, sieh dir das an, Altersflecken! Ruf den Leichenbestatter an.«
»Mach ich gleich, ich will nur erst verschnaufen.«
Er haßte seine Kindlichkeit, seine Neigung, alles auf sich zu beziehen, tat jedoch nichts dagegen. Obwohl er inzwischen sechsundvierzig war, fühlte er sich noch immer wie ein Kind. Er wunderte sich über die Männer, die gewichtig durchs Leben schritten, die, was ihre Anwesenheit auf Erden anging, keinerlei Zweifel zu kennen schienen. Er bekämpfte das Rätsel des Daseins mit Spott, jedoch eher aus Verzweiflung denn aus Bösartigkeit.
Er war gern hier zwischen dem fahlrot blühenden Gemeinen Wasserdost, den er in großen Polstern um das Gartenhaus gepflanzt hatte. Er spürte, wie die Wärme der grünen, mit Karbolineum bestrichenen Bretter durch seinen Körper zog. Irgendwann einmal hatte er mit dem Bau begonnen, um eine Bleibe zu haben, wo er abends, ohne von den Kindern abgelenkt zu werden, lesen und arbeiten konnte. Bald nach der Fertigstellung war das Gartenhaus, wie von Elisa immer wieder prophezeit, abgesackt, wodurch das gemütliche runde Fenster über dem Arbeitstisch wegbrach und das Dach das Aussehen einer schief aufgesetzten Mütze bekam. Er betrachtete es jedoch weiterhin als *sein* Gartenhaus, auch wenn Fahrräder, Rechen, Schaufeln, Gartenstühle und eine Schubkarre darin standen und Elisa höhnisch von dem Schuppen sprach, der den Blick vom Wintergarten aus verschandele.

Der Gedanke an die Unveränderlichkeit seines Lebens stimmte ihn wehmütig, machte ihn aber auch gelassen. Er kannte die Relativität des Abenteuers, die Variationen des Immergleichen. Sollte alles ruhig so bleiben, wie es war, was machte das schon aus.

Er schrieb täglich seine kleinen Artikel für verschiedene Zeitungen und Zeitschriften, übernahm hin und wieder Übersetzungen ins Deutsche und aus dem Deutschen. Deutsch war das Fach, in dem er sein Examen hatte machen wollen. Doch Elisa bekam schon früher als geplant ihr erstes Kind, Lauren, und sie mußten heiraten. Er hatte sich eine Arbeit gesucht. Fünfzehn Monate später wurde Kim geboren. Sie waren Kinder, die nun selbst Kinder hatten. Dank der Unterstützung von Elisas Vater, dem ein Reisebüro in Amstelveen gehörte, kamen sie über die Runden. Sie wohnten in einem bescheidenen Haus in der Haarlemer Innenstadt, dessen Wände sie in jugendlichem Überschwang abgespachtelt und neu gestrichen hatten. Sonntags gingen sie mit den Kindern im Haarlemmerhout spazieren und fütterten die Hirsche mit Brot. Oder sie fuhren mit dem Bus nach Kraantje Lek, wo er Lauren den hohlen Baum streicheln ließ, während Elisa ihnen mit Kim in den Armen strahlend zuschaute. Mit ihrem ersten Auto, einer mausgrauen Ente, fuhren sie viele Sommer lang an den Bloemendaaler Strand, die Kinder planschten im flachen Wasser und schliefen mit roten Backen und braunen Beinen unter dem Sonnenschirm ein. Victor Klein und seine Frau saßen Arm in Arm

da und schauten aufs Meer, auf einander, auf die Ewigkeit.
Man bot ihm eine Stelle bei der Lokalzeitung an, die regelmäßig seine auf gut Glück eingesandten Texte abgedruckt hatte. Er war so unaufhörlich mit seiner Arbeit beschäftigt, daß er kaum bemerkte, wie seine Töchter heranwuchsen und Elisa immer stiller wurde. Nach sieben Jahren war es plötzlich vorbei mit seiner festen Anstellung, als der neue Chefredakteur einen seiner Artikel als zu ambivalent kritisierte und nicht in Druck gehen lassen wollte. In dem darauf folgenden Wortwechsel erklärte der Chefredakteur, er halte Victor für diese verantwortungsvolle Tätigkeit für nicht geeignet, und ließ den Artikel in den Papierkorb fallen. Victor Klein wurde handgreiflich und schlug dem Vorgesetzten in den Solarplexus, was diesen mit heftigen Atembeschwerden gegen die Täfelung sacken ließ.
In dieser Zeit starb Elisas Vater. Elisa beschloß nach reiflicher Überlegung, die Leitung des Reisebüros zu übernehmen. Victor Klein schlug einen neuen Namen für das betagte Unternehmen vor: Trav'lin'Light.
Elisas Mund war warm, und ihre meergrünen Augen leuchteten vor Aufregung, als sie zum erstenmal als Geschäftsführerin nach Amstelveen fuhr. Er stand hinter ihr und zupfte ihr zwei lange blonde Haare von den Schultern.
»Ist Schwarz auch wirklich nicht zu streng, Vic?« Sie strich den Leinenstoff über den Hüften glatt und drehte sich vor dem Spiegel.
»Kann gar nicht streng genug sein, liebe Frau, denn draußen erwarten dich nur Arglist und Betrug.«

Sie lief nervös in den Flur, zog wie ein Kind die Strumpfhose hoch und sah ihn unsicher an. Er salutierte vor ihr. »Ich liebe Sie.«
»Und ich Sie, Victor.« Sie umarmte ihn.
»Sie sehen heute gar nicht wie eine Mutter aus, sondern viel eher wie ein Mädchen, das auf große Reise geht. Geben Sie bloß acht, daß Sie sich nicht verirren.«
Sie umklammerten sich.
»Schau bitte nach den Kindern, wenn sie aus der Schule kommen, und sag ihnen, sie sollen ihr Zimmer aufräumen.«
Er nickte und spürte eine dumpfe Leere, als er allein im Haus ihrer Jugend zurückblieb.

Nach seinem Rausschmiß arbeitete Victor Klein als Söldner im elenden Heer der Lohnschreiber. Er bekam genügend Aufträge und konnte es sich leisten, allzu erbärmliche Angebote abzulehnen. Als Elisas Einkommen das seine überstieg, zogen sie nach Heemstede um, das er zwar als Neureichensiedlung bezeichnete, dessen Ruhe ihm freilich, ebenso wie das geräumige Arbeitszimmer, überaus zusagte.
Elisa war oft fort von zu Hause, rackerte sich für ihr erfolgreiches Geschäft ab, machte Reisen ins Ausland. Ab und an begleitete er sie, um einen Text für ihre Reiseprospekte zu schreiben.
Langsam füllte sich ihr Leben mit teurem Essen, kostspieliger Kleidung und einem dunkelblauen Geschäftswagen, der hinter seinem alten weißen Auto parkte.

Elisa brachte neue Bekannte und Geschäftsfreunde nach Hause, und Victor Klein, der Fremde ohnehin nicht besonders mochte, außer sie waren alt und reich an Lebensgeschichten, reagierte mit der Zeit ungehalten. Es wurde über Boote geredet und dieses himmlische Weinchen und jenes zauberhafte kleine Restaurant, über Golf, über Nachtgeld – »Schwarzgeld klingt so ordinär und primitiv« – und über »unsereins«. Lauthals wurde über Bücher geurteilt, die keiner gelesen, über Musik, die keiner gehört, über Ausstellungen, die keiner gesehen hatte. Meist saß er griesgrämig dabei, nickte dann und wann und blies große Wolken aus seiner Pfeife. Er begann sich immer mehr über Elisa zu wundern, die fröhlich mitplapperte und erstaunlich resistent gegen den schalen Gesprächsstoff schien.
Einmal war er aufgestanden und hatte in die Runde gesagt: »Verzeihen Sie bitte, aber ich muß mit dem Hund Gassi gehen.«
»Ach, ihr habt einen Hund? Einen Dackel?«
»Nein, einen jungen Chien andalou.«
»O, die kenne ich, das sind doch diese langhaarigen . . . jaja, sehr lieb.«
»Irre lieb. Weiterhin viel Vergnügen.«
Elisa war ihm auf den Flur gefolgt, und sie hatten sich beide schiefgelacht.
»Du bist mir vielleicht einer, Victor Klein.«
Sie hatte die Haustür hinter ihm zugemacht.
In seiner Aversion gegen die Gäste suchte er Unterstützung bei Lauren und Kim, doch die waren so mit ihrer bevorstehenden Selbständigkeit beschäftigt, daß sie seine Sticheleien kaum beachteten. Kim sag-

te: »Ey, Mann, was regst du dich so auf? Wenn du mich fragst, dann seid ihr inzwischen genauso bürgerlich wie die Leute, die ihr einladet.«

»Die deine Mutter hier fast wöchentlich auf mich losläßt.«

»Na ja, ich hab kein Problem damit, mich interessieren die Typen nicht die Bohne. Genausowenig wie deine doofen Kollegen übrigens mit ihrem großtuerischen Geschwätz. Das hat sich Elisa schließlich auch immer anhören müssen. Du tust immer so, als wärst du über alles und jede erhaben. Denk auch mal an Elisa. Ohne sie wären wir nicht hier.«

»Kim, du hast deinen Vater wieder aufgerichtet. Ich bin froh, daß ich dich gezeugt habe.«

Victor Klein liebte Elisa, auch wenn er es immer nur spöttisch sagen konnte. Inzwischen hatte er länger mit ihr gelebt als ohne sie. Elisa war für ihn selbstverständlich geworden, aber es stimmte ihn immer noch zärtlich, wenn er sie in der Badewanne sah, das blonde Haar oben auf dem Kopf zu einem albernen Schwanz zusammengebunden. Oder wenn sie Arm in Arm mit ihren Töchtern kichernd die Straße entlangging oder sie sich im Garten kreischend mit dem Rasensprenger nachrannten. Noch immer sprang er von seiner Schreiberei auf, wenn er Elisa nach Hause kommen hörte, was allerdings nicht hieß, daß er sich dann auch immer zeigte. Manchmal pflückte er Blumen für sie oder versteckte sich hinter der Couch, um sie zu erschrekken. Gespräche über ihr Leben jedoch vermied er. Wenn dicke Luft war, zog er sich ganz zurück und wartete, bis Elisa das Schweigen brach und wieder auf ihn zuging. Er war dazu nicht in der Lage. Er würde lieber ewig schweigen, als seine Verletztheit zu zeigen oder seinen Stolz zu überwinden. Es bereitete ihm Kummer, zugleich aber auch Genugtuung, wenn er sah, daß Elisa über seine Unerreichbarkeit traurig wurde.

Seit Elisa jedoch Trav'lin' Light in Schwung gebracht hatte und unabhängiger von ihm geworden war, merkte er, daß seine zeitweilige Unnahbarkeit sie immer weniger traf. Sie lachte mit ihren Gästen, lächelte ihm zu. Wenn der Besuch gegangen war, tröstete sie ihn. Sie streichelte sein schmollendes Gesicht und sagte, daß alles doch gar nicht so schlimm sei.

»Doch, es ist sehr schlimm, Frau, unsere Welt wird von Hohlköpfen und Geschäftspöbel bedroht.«

»O, danke bestens. Jedenfalls sind es Leute, die es zu was gebracht haben. Ich verstehe nicht, warum du so ein Problem draus machst, daß ab und zu ein paar Leute zum Essen herkommen. Sie tun dir nichts, sie sind nett zu dir, und du, du tust den Mund kaum auf. Das macht mich wahnsinnig. Man könnte meinen, du gönnst mir den Erfolg nicht oder du bist neidisch, weil du nicht im Mittelpunkt stehst. Und zum Teil sind es Verpflichtungen, die der Job nun mal mit sich bringt. Na komm schon, Trauerbirke, laß dich nicht so hängen.«

»Quak, quak, quak«, sagte Victor Klein.

Er ging nicht auf Elisas Bitte ein, etwas vernünftiger zu sein. Gäste begrüßte er mit: »Mevrouw, Mijnheer, herzlich willkommen im gastfreundlichen Haus meiner Gemahlin.«

Einem Juristen mit Vollglatze schob er beim Nachtisch unter aufmunterndem Zwinkern die Visitenkarte seines Friseurs zu.
Einmal, als ein besonders lauter Reiseveranstalter Elisa auch noch beim Abschied packte, sie auf den Hals küßte und ein »tolles Weib« nannte, erhob sich Victor Klein und fragte, ob er Lust auf einen Dreier habe.
»Einen Dreier? Was für einen Dreier?«
»Der Dreier besteht aus einer Geraden ans Kinn, einer Linken auf die Leber und einem Knie in die Eier.«
»Victor!« schrie Elisa, »bist du völlig verrückt geworden? Entschuldige dich auf der Stelle bei Ad. Tut mir leid, Ad.« Victor Klein wandte sich an die Frau des Reiseveranstalters, die erschrocken und mit der Hand auf dem Mund daneben stand. »Mevrouw, Sie tun mir leid. Sie tun mir leid, weil Sie mit diesem Proleten zusammen sind, aber aus Ihrer Wahl muß ich schließen, daß Sie selbst auch nicht viel besser sind. Ich wünsche Ihnen beiden einen glimpflichen Abgang.«
Sein Verhältnis zu Elisa kühlte sich vorübergehend ab, und nachdem Lauren nach Amsterdam gezogen war, wo sie Kunstgeschichte studierte, und Kim nicht lange danach ebenfalls aus dem Haus ging, zog er sich immer mehr in sein Arbeitszimmer zurück.
Er verfluchte sich selbst, sagte aber kein Wort. Es war Elisa, die die Stille nicht länger ertragen konnte, die ihn schließlich seufzend umarmte und seinen traurigen Kopf an ihre Brust zog.

»Ich habe manchmal das Gefühl, du bleibst ewig ein Kind. Unsere Kinder sind aus dem Haus, aber ich habe hier immer noch einen großen Jungen am Hals.«
»Der aber auch ein lieber Kerl ist, gib's zu.«
»Manchmal. Vic, hör zu, ich fange mit Golf an.«
Er sah sie an.
»Golf? Du weißt, was Tucholsky dazu gesagt hat: Golf ist ein verdorbener Spaziergang.«
»Warum machst du nicht mit? Du sitzt hier immer nur rum.«
»Eher schreite ich zur Selbstentleibung.« Er stand auf und ging zur Tür. »Ich kauf mir einen Papagei, dann habe ich wenigstens *ein* vernünftiges Wesen zum Reden.«
»Der kommt dann aber in *dein* Zimmer, Victor Klein«, rief sie ihm nach.
Einige Wochen später stand eine Golftasche aus bordeauxrotem Leder im Haus, und Victor Klein saß vor einem Käfig, in dem ein Afrikanischer Graupapagei herumturnte.
»Tempi passati, sag schon, tempi passati.«
»Tempi passati«, sagte der Vogel, den er Booker getauft hatte.

Er hörte, wie jemand das Schlafzimmerfenster aufschob. Die friedliche Stille des Gartens ging in einer munteren Frauenstimme unter, die lauthals eine dröhnende Melodie im Radio mitsang. Er lugte durch den Wasserdost und sah Hände und nackte Arme, die das Federbett und die Kopfkissen ins offene Fenster legten. Über dem Bettzeug erschien das rundliche, blauäugige Gesicht von Hanneke.

Er duckte sich, preßte den Körper ans Gartenhaus und ging langsam in die Knie, um nicht gesehen zu werden.
»He, Mijnheer Klein, was machen Sie da? Soll ich helfen?«
Er drückte das Kinn auf die Brust und rührte sich nicht.
»Ich seh Sie doch.«
Er spürte, wie ein Krampf sein rechtes Bein durchzuckte, und richtete sich an der Gartenhauswand auf. Ertappt trat er aus dem hohen Grün und klopfte sich die Hose ab.
»Ich hab Sie vom Gästezimmer aus schon längst gesehen. Schönes Wetter, was? Ich dachte erst, Sie wär'n am Schuppen festgeklebt. Sah ziemlich albern aus – als hätten Sie ein großes Schneckenhaus auf'm Rücken.«
Sie schaute zu ihm hinunter und sah über den Kissen und Federbetten aus wie ein Engel auf einer Wolke.
Victor Klein mied ihren Blick und stopfte sich das Hemd in die Hose. »Ich würde an deiner Stelle das Radio ausmachen, davon bekommt man ja Gehirnerweichung!«
»Jaja, und dann kommen Sie bestimmt gleich wieder mit Ihrer Trauermusik. Soll ich übrigens erst mal Ihr Zimmer machen, wo Sie gerade im Garten sind? Oder soll ich erst Kaffee kochen?«
»Espresso, bitte.«
»Igitt, dieses bittere Zeugs. Ich mach erst mal Ihr Zimmer, weil, nachher darf ich dann nicht mehr rein. Ich kenn Sie doch!«

»Paß aber auf, daß Elisas Katze nicht in mein Arbeitszimmer kommt, sonst ist Booker wieder den ganzen Tag durcheinander.« Er sah zu ihr hinauf, aber sie stand nicht mehr am Fenster. Er hörte, wie sie den Radiowecker ausschaltete und fröhlich singend durchs Haus ging. Eine Tür knallte, und in der danach eintretenden Ruhe war nur noch das gedämpfte Geräusch des Staubsaugers zu hören.

Er war Hanneke nicht ganz gewachsen. Victor Klein liebte Förmlichkeit und Distanz; zwei Jugendfreundinnen von Elisa begrüßte er als Ausdruck höchster Zuneigung mit einem Handkuß, meist jedoch beschränkte er sich auf ein kaum wahrnehmbares Kopfnicken. Als Hanneke ihr zweites Kind bekommen hatte und ihre Arbeit wieder aufnahm, führte er ihre Hand an seine Lippen.

»Ich weiß nicht, ob Sie's wissen, Mijnheer Klein, aber ich hab grad Ihr Klo geschrubbt.« Und zu Elisas Freude war er gezwungen, Hanneke auf beide Wangen zu küssen.

Er hatte ihr von Anfang an angeboten, »Victor« zu ihm zu sagen, aber sie blieb bei ihrem »Mijnheer Klein«, während sie Elisa ungezwungen mit dem Vornamen ansprach.

»Warum redest du mich eigentlich immer mit ›Mijnheer‹ an?«

Sie hatte sich auf die Unterlippe gebissen und mit den Achseln gezuckt. »Weiß nicht, soll ich vielleicht ›Mevrouw‹ zu Ihnen sagen?«

Ihr spöttischer, unbekümmerter Ton machte ihn manchmal hilflos. Wenn er gelegentlich unrasiert und nachlässig gekleidet durch den Flur in sein Ar-

beitszimmer ging, sagte sie leise im Vorbeigehen »Alaaf« oder erkundigte sich, ob er einen Ausflug mit dem Gehirnamputiertenexpreß machen wolle, dem Minibus, mit dem ihr mongoloider Bruder Wim jede Woche nach Hause gebracht wurde. Er schätzte Hanneke, doch in der letzten Zeit ging er ihr soweit wie möglich aus dem Weg.
Das amüsierte Funkeln, das er dann und wann in ihren klaren blauen Augen bemerkte, verwirrte ihn, ließ ihn an Helle Munch denken. Sie, die er vergessen mußte.
Victor Klein starrte auf das rosa Bettzeug, das wie eine Zunge aus der Hauswand quoll. Er zischte durch die Zähne und zog dabei nachdenklich seine Uhr auf. Nein, keine Gefühlsregungen mehr, sein Herz würde nie wieder das geringste Zögern kennen. Er würde so weitermachen, als wäre nichts passiert. *Es tötet nichts so sicher als das Leben,* hatte er von Wilhelm Raabe gelernt. Elisa war Siegerin geblieben, es war gut so.
Er ging ins Gartenhaus, holte eine rote Schaufel und kniete wie ein Kind auf der warmen, trockenen Erde. Er hielt Ausschau nach dem Geißfuß, einem Unkraut, das er jedes Jahr jätete und das jedes Jahr wieder hochkam. Er kroch auf Händen und Füßen durch den Garten, schob den Königsfarn auseinander und suchte wie der Jäger im Wald der wilden Blumen den Boden ab, die Schaufel wie einen Dolch erhoben, als könnte das Unkraut wie eine Schlange davonschießen, sich mit einem Biß verteidigen oder ihm an die Kehle springen.
Für ihn war Helle Munch tot, so hatte er beschlossen.

»Warum bleibst du nicht hier? Kommst du zurück? Kommst du? Man lebt nur einmal, Victor. Ich werde auf dich warten.« Ihre Gier, das Licht in ihren Augen, das ihn verzaubert hatte.
Er kroch weiter, sehnte sich nach der Gedankenleere, die die Gartenarbeit ihm sonst immer bot. Unter den breiten, ledrigen Blättern der Bergenie entdeckte er den Geißfuß, noch jung, mit zarten gekerbten Blättern an einem fast durchscheinenden Stengel, der nach unten hin Farbe bekam und braunrot im Boden versank.
Sie ließ ihn nicht in Ruhe.
Wütend schüttelte er den Kopf und fing an zu stochern, hieb nach dem Unkraut, das sich mit langen weißen Wurzeln in der Erde festgekrallt hatte.
Ob sie sich noch erinnerte?
Er zog und zerrte, riß das Wurzelgeflecht mit hörbarem Ruck aus dem Boden, warf es hinter sich, um es im Tageslicht verdorren zu lassen. Mit dem Hemdsärmel wischte er sich den Schweiß vom Gesicht, sein Mund war trocken geworden. Er hob den Kopf und sah im Schatten des Beetes mit den weißen Rosen, die er für Elisa gepflanzt hatte, Geißfuß, massenhaft Geißfuß. Er keuchte, sah zum brennenden Himmel hinauf, hoffte auf Regen.

Im Hafen von Göteborg waren sie auseinandergedrängt worden. Helle Munch, die in Elisas dunkelblauem Geschäftswagen von Norwegen bis hierher mitgefahren war, ihre Wange an seinem Oberarm, von Zeit zu Zeit klägliche Seufzer von sich gebend, leise Worte auf deutsch, auf englisch.

»Wir sind jetzt nur noch ungefähr fünf Stunden zusammen, noch ungefähr dreihundertachtzig Kilometer.« Oder: »Morgen bist du wieder bei deiner Frau, und ich bin wieder allein. Was mache ich bloß? Wie soll das weitergehen?« Oder: »Wirst du an mich denken?«
Er war blind weitergefahren, bitter gestimmt durch den Abschied, auf den er immer schneller zufuhr. Er mußte zu Elisa, ihr erzählen, was ihm widerfahren war, er mußte über die trauernde Frau neben ihm sprechen, die eine Woche lang so selbstverständlich in seinem Leben gewesen war, daß er sich an kaum etwas anderes erinnern konnte.
Sie war in dem schwarzen Kleid, das er ihr in Gol gekauft hatte, am Kai zurückgeblieben, in der Tasche über der Schulter ein paar Äpfel und Zeitschriften für die lange Zugfahrt zurück ins Lærdal.
Er stand so weit oben auf der Fähre nach Frederikshavn, daß er ihre Augen nicht mehr sehen konnte. Sie winkte mit beiden Händen, und so waren sie langsam auseinandergeglitten. Er hatte seine schwarze Sonnenbrille aufgesetzt, winkte der Gestalt, die kleiner und einsamer wurde, die Hände vors Gesicht schlug, sich plötzlich umdrehte und mit gesenktem Kopf wegging.
»Kommst du zurück, du kommst doch wieder?«
»Ja, ich komme zurück. Vielleicht. Ich weiß es nicht. Vielleicht. Ich glaube nicht. Leb wohl, Helle.«
Er hatte auf das Land geschaut, bis nur noch Meer vor ihm lag, während er den silbernen Ring an seinem kleinen Finger drehte, den sie nach einem Besuch in der jahrhundertealten hölzernen Stab-

kirche von Borgund vom Finger gestreift und ihm mit einer Feierlichkeit geschenkt hatte, die ihn gerührt und beklemmt hatte. Sie wußte, daß er verheiratet war und Vater zweier außer Haus lebender Töchter. Daß er für das Reisebüro seiner Frau Elisa ins Lærdal gekommen war, um für einen Prospekt etwas zu schreiben und um Fotos zu machen.
»Jetzt bist du hier«, hatte sie gesagt.
Er fand einen Platz auf dem Oberdeck, stellte den Kragen hoch gegen den Wind und legte seine Hände aufs Gesicht. Er roch ihren Körper, er war völlig durcheinander.

Velkommen til Lærdal-Borgund, hatte er an dem puppenhaften kleinen Holzhaus gelesen, in dem sich das Tourist Office befand. Das Holz war so glänzend weiß lackiert, daß sich die blutroten Geranien und die sich träge bauschenden Fahnen vieler Länder darin spiegelten. Drinnen hörte sich ein graues Ehepaar in Bergschuhen Auskünfte über eine Wanderroute an. Er studierte eine mit Reißzwecken an die Wand geheftete Detailkarte der Umgebung und versuchte die norwegischen Erläuterungen zu verstehen, indem er die Worte halblaut aussprach. Auf einmal fühlte er sich beobachtet und drehte sich um.
Sie stand telefonierend hinter dem Schalter, die leicht zusammengekniffenen blauen Augen unverwandt auf ihn gerichtet, um ihren breiten Mund sah er ein amüsiertes Lächeln. Sie war nicht groß, aber kräftig gebaut, mit welligen dunklen Haaren,

die sie jünger machten, als sie wahrscheinlich war. Er hatte den Blick betroffen gesenkt, sich abgewandt und einfach etwas von einem Plakat abgeschrieben: *fjellturer, fiske, kanopadling, ridning, golf og mye mye mer . . .*

Eine unerklärliche Unruhe kribbelte in ihm.

Victor Klein schenkte für gewöhnlich Frauen keine besondere Aufmerksamkeit, das verbot ihm sein Stolz, und außerdem verhinderte es wilde Gefühle, wie er immer zu Elisa sagte, wenn sie ihn auf eine Frau aufmerksam machte. Er verschanzte sich hinter Wällen von Distanz, sein düsterer Blick machte ihn unzugänglich. Wer ungebeten näher kam, den trieb er mit einem abweisenden Blick oder ein paar scharfen Worten zurück. Das war seine Haltung; er kannte nur Elisa.

Er hörte, daß das Telefongespräch beendet wurde, und versuchte, sich achtlos umzusehen.

Sie stand mit dem Rücken zu ihm, drückte die Lippen im Spiegel einer aufgeklappten Puderdose aufeinander, ordnete sich die Haare und starrte ihn unterdessen an, als wäre er aus Gold. Um den Bann zu brechen, war er an den Schalter getreten, hüstelte. Sie drehte sich um. Unter einer Locke war ihr Name zu lesen: Helle Munch.

Elisa hatte ihm vorgeschlagen, für Trav'lin' Light nach Norwegen zu fahren, als er eine Zeitlang ohne Schreibaufträge grollend zu Hause herumgehangen hatte.

»Mach das doch, Vic, das geht schon. Ich denke, es wäre gut für dich. Nimm mein Auto, in zwei Tagen

bist du da. Genieß doch mal die Möglichkeiten, die wir haben.«
Sie hatte ihn geküßt und sich an ihn gedrückt.
»Wir sind jetzt nur noch zu zweit, laß uns doch was draus machen. Wenn ich keine Termine hätte, würde ich mitfahren, ganz bestimmt. Tu's doch.«
»Und wer kümmert sich dann um meinen gefiederten Zimmergenossen?«
»Ich frag Hanneke mal, ob sie morgens kommen kann, und abends bin ich ja wieder da.«
Er hatte genickt.

Er aß mit Helle Munch im Hotel Lindstrøm, wo er Quartier bezogen hatte. Sie hatte sich für die kurze Zeit, die er da war, als Führerin angeboten. Jetzt, in der Vorsaison, konnte sie sich noch ein paar Tage frei nehmen.
Anfangs hatte Victor Klein geglaubt, Herr und Meister der Situation zu sein und Elisa nicht zu verletzen, wenn er sich mit einer freundlichen, intelligenten Frau unterhielt.
Sie war siebenunddreißig Jahre alt, früher Lehrerin in Kongsberg, geschieden, kinderlos und wohnte bei Verwandten in Borlaug.
Was war dagegen einzuwenden? Sie kannte die Gegend, die ungebändigte Natur, die Fische in den strudelnden Bergflüssen, wußte alles über die nahegelegenen Wikingergräber, die norwegische Silberschmiedekunst. Ihr Wissen würde ihm die Arbeit nur leichter machen. Und außerdem, war er nicht schon fast tausend Jahre alt?
Sie aßen und kamen auf »Hunger« von Knut

Hamsun zu sprechen. Sie sagte: »Ich finde es merkwürdig, daß man so lange nach dem Krieg immer noch kein Standbild von ihm in Norwegen findet. Der größte Schriftsteller, den wir je hatten.«

»Zu Recht, scheint mir.«

»Er war doch kein Nazi, als er ›Hunger‹ schrieb und den Nobelpreis erhielt. Seine Frau Marie, die war Nationalsozialistin, Hamsun selbst konnte bloß die Engländer nicht ausstehen.« Den Ärger, der in ihren blauen Augen funkelte, fand er hübsch.

»Immer sind die Frauen an allem schuld«, sagte er.

Sie lachte leise, fixierte ihn, rieb mit dem Zeigefinger über den Rand des Weinglases.

Sie sprachen über Musik. Sie liebte die Messen und Psalmen von Monteverdi, aber auch Dean Martin, eine Vorliebe, die ihrer Vermutung nach mit ihren italienischen Vorfahren zusammenhing. Er erzählte von seiner Liebe zu Glenn Gould und den großen englischen Tanzorchestern, Ambrose, Roy Fox, dem Sänger Al Bowlly. Er verriet das Geheimnis seiner Armbanduhr, sprach so frei und ungehemmt, daß er sich selber nicht mehr kannte. Als er merkte, daß ihre Blicke länger wurden, an ihm zu haften begannen, sprach er von Elisa, von Lauren und Kim, die ihrer Mutter wie aus dem Gesicht geschnitten seien, und von Booker, der ihm aufs Haar gleiche.

Helle Munch hatte ihre warme Hand auf die seine gelegt, die Berührung hatte ihn erbeben lassen. »What time is it in the Second World War, Victor?«

Da hatte er kapituliert.

Einige Tage darauf war er in aller Frühe allein zum Sognefjord gefahren, hatte still am von Bergen umschlossenen, spiegelnden Wasser gesessen. Er dachte an Helle Munch, an ihre ruhigen Atemzüge bei Nacht, während er nicht schlafen konnte aus Angst, die Kontrolle über sein Leben verloren zu haben. Er sah Elisas Gesicht im blauen Wasser auftauchen, weiße Wolken segelten durch ihre Augen.
Victor Klein stand auf, warf Steine in den Fjord, zerbrach den Spiegel.

Elisa war ganz weiß geworden, hatte die Beine hochgezogen, die Arme darum geschlungen.
Er wollte sie trösten, doch sie schüttelte den Kopf.
Er kam sich wie ein Fremder im Haus vor, der die Nachricht vom Tode eines Nahestehenden überbracht hatte.
Sie hatte sich eine Zigarette angezündet, die Tränen mit dem Handballen aus den Augenwinkeln gewischt.
»Rauchst du wieder?«
Sie ignorierte seine unbeholfene Frage.
»Und jetzt, Victor Klein, was hast du vor? Gehst du nach Norwegen? Im Schuppen liegt noch ein Beil, das kannst du gleich einpacken für deine neue Karriere als Holzfäller.«
Elisa schwieg. Er wich der Verachtung in ihrem Blick aus.
Sie begann ihm Fragen zu stellen, die er nicht beantworten konnte, nicht beantworten wollte.
»Und was ist das für ein Jahrmarktsring an deinem kleinen Finger?«

»Ein Geschenk aus Norwegen.«
»Aha, und deinen Ehering willst du nicht tragen, weil der zu bürgerlich ist.«
Sie stand auf.
»Gib her.«
Elisa schob sich das Silber aus Kongsberg auf den Ringfinger.
»Steht mir auch, findest du nicht?«
»Ja, er ist überraschend hübsch, ich meine, abgesehen davon.«
»Abgesehen davon? Bist du schwachsinnig geworden oder was? Du fährst mit meinem Auto auf meine Bitte in ein norwegisches Dorf, von unserem Geld, und läßt dich wie ein Schulbub von einer Dame an Land ziehen, die sich in diesem Kaff langweilt. Abgesehen davon, sagt er dazu. Aber auf andere herabblicken! Victor Klein, weit erhaben über alles und jeden, unerreichbar für Gefühle. Sieh, wie du dasitzt, abgesehen davon – unsere Trauerbirke.«
Sie war in den nächtlichen Garten hinausgerannt.
Er fühlte sich wie gelähmt, zischte leise durch die Zähne, wünschte, er wäre tot. Elisa würde ihn nie wieder ernst nehmen, er würde sich fügen und gebeugt leben müssen. Oder weggehen, zu Helle Munch zurückkehren. Er könnte ein Haus in der urzeitlichen Landschaft des Hardangervidda bauen, wo er keine Menschen mehr zu sehen bräuchte.
Er schloß die Augen. Helle Munch, wo bist du? Schläfst du? Bist du untröstlich? Vielleicht komme ich doch zurück. Vielleicht.
Elisa berührte seine Hand, reichte ihm ein Glas Mineralwasser, wischte ihm die Tränen weg.

»Du mußt dich entscheiden, Victor, aber warte nicht zu lange damit, das ertrage ich nicht.«
Er drückte sein Gesicht an ihren Bauch, mit zuckenden Schultern. Er wußte, daß er bei Elisa bleiben würde, doch er weinte um Helle Munch.
»Laß uns ins Bett gehen, es ist schon fast Morgen. Wir müssen versuchen, noch etwas zu schlafen«, sagte Elisa.
Er hörte sie im Bad fluchen.
»Ich bekomm den Ring nicht ab, zum Verrücktwerden.«
Er hatte ihre Hand unter das kalte Wasser gehalten und liebevoll mit ihr gesprochen. Der Ring glitt von ihrem Finger, und Elisa legte ihn auf den Waschbeckenrand.
»Da liegt dein Geschenk aus Norwegen, Victor Klein, mach damit, was du willst. Ich halte dich nicht.«
Er rührte den Ring nicht mehr an, schaute nur.
Als es dämmerte, sah er Elisa lautlos ins Bad gehen. Er stellte sich schlafend. Der Spülkasten leerte sich wieder und wieder, er drehte sich zum grauen Fenster und lauschte den Vögeln draußen. Am Morgen war der Ring verschwunden, aber er fragte nicht, wollte die Antwort nicht hören.
Als er Helle Munch nach zwei trübseligen Wochen endlich einen Abschiedsbrief geschrieben hatte, den er gemeinsam mit Elisa einwarf, erholte sich ihre Beziehung wieder. In ihr Eheleben kam sogar neue Glut, doch dann begann es wieder dahinzukränkeln. Elisa brachte eine Siamkatze mit nach Hause.

»Und was ist mit Booker?«
»Booker gehört dir, Sophia mir.«

Victor Klein zog die aufgewühlte Erde mit dem Rechen glatt und warf das Unkraut auf den Komposthaufen hinter dem Gartenhaus. Aus dem Wintergarten schallte Hannekes Stimme: »Mijnheer Klein! Booker läßt fragen, ob Sie zum Spielen raufkommen. Der Kaffee ist fertig, ich geh jetzt gleich. Sagen Sie Elisa 'nen schönen Gruß?«
Er lächelte, war nicht unzufrieden. Alles könnte schlimmer sein.
Victor Klein schaute auf seine Uhr und sah, daß der Sekundenzeiger stockte. Er schüttelte das Handgelenk, aber die Zeit blieb stehen.

There's rain in my eyes

Der Morgen, der seinem siebenundvierzigsten Geburtstag vorausging, stellte sein Leben auf den Kopf.
Auf dem Frühstückstisch im Wintergarten fand er einen Brief von Elisa, in dem sie ihn bat, sich nach einer anderen Wohnung umzusehen. Sie wolle künftig allein leben.
Victor Klein fing heftig zu schwitzen an. Innerlich wurde ihm eiskalt.
Dieser Brief, in Pfauenblau auf einem Briefbogen von Trav'lin' Light geschrieben, war achtlos auf den Frühstückstisch gelegt worden. Einfach so, in die Herbstsonne, als handele es sich um hauswirtschaftliche Anweisungen für Hanneke. Er spürte, wie eine lähmende Übelkeit in ihm hochstieg, und mußte Kühlung auf den Marmorfliesen suchen. Er kannte Elisa seit einem Vierteljahrhundert, kannte ihre Unerbittlichkeit, wenn sie eine Entscheidung getroffen hatte.
Er begann jammernd nach Elisa zu rufen, wälzte sich hin und her und biß sich in die Hand, die immer noch den Brief umklammerte. Sein weißer Bademantel öffnete sich, Sophia schlich heran und roch behutsam an seiner Blöße.
Es wurde finster um ihn, Satzfragmente leuchteten auf, einzelne Worte: wenig Lebensfreude, einsam, unvermeidlich, Norwegen, finanziell unabhängig, jetzt oder nie, Kinder auf eigenen Füßen.

Er richtete sich halb auf und starrte vor sich hin. Die Demütigung, vor die Tür gesetzt und für unfähig erklärt zu werden. Seine Töchter, wie würden ihn seine Töchter sehen? Seine Kinder mußten ihm helfen, Elisa umzustimmen. Vielleicht würde ja alles wieder in Ordnung kommen. Hatte er sich nicht für Elisa entschieden und Helle Munch von sich gestoßen? Mußte er sich denn noch mehr im Staub wälzen, sich noch häufiger widerspruchslos von Elisa zurechtweisen lassen, sogar in Gegenwart von Fremden?
»Victor Klein, tu nicht immer so, als hättest du die Weisheit gepachtet, Anouck ist Sozialarbeiterin, und nicht du! Laß ihn quasseln, Anouck. Warum gehst du nicht und machst irgendwas Nützliches, Victor?« Eine Schande, der Ton, in dem Elisa seit seiner Reise glaubte, mit ihm reden zu dürfen. Es war ihm auch nicht entgangen, wie sie Anouck von Zeit zu Zeit verstohlen zulächelte. Dagegen die Blicke, die in seine Richtung gingen!
Anouck hatte seine Frau natürlich gegen ihn aufgehetzt, sie, die selbst von einer unerquicklichen Affäre in die nächste stolperte. Da lauerte das Übel, in diesem faltigen Mund, hinter diesen getönten Brillengläsern. Dieser Frau würde er verbieten, je wieder einen Fuß ins Haus zu setzen.
Elisa, was soll denn aus mir werden? Ich existiere einzig und allein durch deine Anwesenheit, so lange schon. Schick mich nicht weg. Und wenn du's doch tust, dann mußt du dran glauben.
Wo war sein Schnappmesser? Erstechen würde er sie und unter der Trauerbirke begraben. Jawohl.

Er leckte sich das Blut von der zerbissenen Hand und begann leise zu summen. Er verstummte, als er fühlte, daß sich der Brief unter seiner Hand leicht bewegte. Die Siamkatze schlug mit der Pfote nach dem Papier und kroch mit peitschendem Schwanz zurück.
Victor Klein sah in die gnadenlosen Augen der Katze, in denen sich seine Hand und der Brief für einen Moment spiegelten. Solche Augen wollte er haben, bereit, zu töten, wenn das Leben es verlangte. Er zog Sophia auf den Schoß und las noch einmal den Brief seiner Frau:
Ich habe schon sehr lange das Gefühl, daß Du bei mir nur herumsitzt, und darauf verzichte ich. Ich weiß nicht, wer sich verändert hat, Du oder ich, jedenfalls verspüre ich nur noch wenig Lebensfreude. Norwegen habe ich Dir verziehen, aber vergessen kann ich es nicht. Du hast immer behauptet, Du seist in der Lage, allein weiterzuleben. Du hast gezeigt, daß Du gut für Dich selbst sorgen kannst. Du wirst, wie ich, sehr traurig sein, das ist unvermeidlich, aber Du wirst schon darüber hinwegkommen. Du brauchst nicht für mich aufzukommen, ich bin finanziell unabhängig, und die Kinder stehen auf eigenen Füßen. Du hast mich einsam gemacht, Victor, weil Du nie mit mir reden wolltest. Für mich heißt es jetzt oder nie, ich will nicht als alte Frau neben Dir versauern. Ich hoffe, du machst kein Theater, schließlich waren wir sehr lange befreundet und sogar glücklich. Ich werde noch heute versuchen, Kim und Lauren zu sagen, daß es soweit ist. Fürs erste wohne ich bei Anouck, und da will ich

Dich nicht sehen. Da das Haus mir gehört, bitte ich Dich, zu gehen. Nimm, was Dir gehört und was Du sonst noch gebrauchen kannst. Elisa.
Victor Klein streckte sich wieder auf dem Boden aus und erbrach Luft.
Sein leerer Blick glitt über die Unterseite des Korbtisches, durch den die Sonne in dünnen Strahlen sickerte und den flirrenden Staub sichtbar machte. Er wurde sich des Schmerzes in seiner Hand bewußt und begann vor Wut zu zittern. Er ballte die Faust und hielt sich die blaurote Bißwunde vor die Augen. Mit dieser Faust mußte er sie treffen, genau zwischen die Augenbrauen, so fest, daß es krachte. Er entspannte die Hand und wedelte damit im Sonnenlicht unter dem Tisch. Hier hatten sie sich gestern morgen noch gegenübergesessen. Sie rauchte Zigaretten, das war ihm aufgefallen, so früh morgens. Sie hatte Papiere auf dem Schoß, machte sich Notizen. Der Tisch war gedeckt, für ihn stand Kaffee da.
»Warum wirst du so mager, Frau?« hatte er gefragt.
»Weil ich will«, hatte ihre Antwort gelautet.
Er hatte etwas Toast gegessen und ihr heimlich die Zunge rausgestreckt. Darüber mußte er selbst lachen.
»Fröhlich, Victor?« fragte sie, ohne aufzuschauen.
»Ja, ich dachte gerade an die Fliege, die ich neulich in meinem Zimmer gesehen habe. Sie saß über der Tür. Ich hatte den Eindruck, es war eine junge Fliege, denn sie bewegte sich so geschmeidig und flink. Sie rieb sich unentwegt die Hände und fuhr sich dann über die Hüften. Als sie merkte, daß ich

sie beobachtete, schämte sie sich, wirklich wahr. Und als ich genau hinschaute, wußte ich auch, warum. Die Fliege, Elisa, trug nämlich kurze Hosen. Ich fand, das ist nichts, wofür sich eine Fliege schämen müßte. Männer schon, Männer in kurzen Hosen finde ich bedeutend lächerlicher als Fliegen in kurzen Hosen. Aber die kurze Hose, die diese Fliege trug, hatte wahrscheinlich schon ihrem Vater gehört, denn sie schlotterte ihr um die dünnen Beine. Hörst du zu, Elisa? Jetzt kommt's. Ich schaute aus Versehen in eines der Hosenbeine, nicht aus Wollust, sondern weil sich die Fliege über mir befand. Und was glaubst du: Sie trug keine Unterhose. Ist das nicht furchtbar? So arm war diese junge Fliege, daher auch ihre Scham. Überall auf der Welt so viel Leid, Elisa.«

»Victor, könntest du vielleicht aufhören mit deinem Gequassel, mir ist wirklich nicht danach. Geh zu deinem Papagei, vielleicht hört der dir zu.« Sie hatte sich eine neue Zigarette angezündet und den Rauch zwischen sie beide geblasen.

An diese Frau hatte er seine Worte vergeudet, bei ihr hatte er um ein Lächeln gebettelt. Tiefe Scham stieg in ihm auf, darüber, daß er hier verletzt auf dem Fußboden lag, fast nackt, hingestreckt von einem Brief. Er brauchte sie weiß Gott nicht, um weiterleben zu können, das hätte sie wohl gern. Er spürte die Wärme der Katze, die sich zufrieden schnurrend auf seinen Unterleib gekuschelt hatte und wie eine Sphinx über ihn hinwegschaute. Er würde seinen Weg schon finden, aber vor die Tür setzen ließ er sich nicht. Nein, er würde selbst die Tür hinter sich schlie-

ßen, ungerührt, als mache ihm das nichts aus. Raus aus diesem Haus mit der Edelstahlküche, den weißen Rauhputzwänden, den edlen Ledercouchen und dem kostbaren englischen Porzellan. Nichts wie weg von dieser Übersättigung, von der Frau, die glaubte, ihn vor die Tür setzen zu können. Und wenn sie ihn anflehen würde, zu bleiben, er würde Augen und Ohren verschließen.
Er stieß die Katze, die ihr gehörte, von sich, stand auf und knüllte den Brief zu einem Knäuel, den er mit Schmackes durch den Wintergarten warf. Er spuckte ihm hinterher. Er ging in die Eßküche, trank etwas Wasser aus dem Hahn und betupfte sich die Augen. Schniefend holte er Luft und schloß den Bademantel.
Im Wintergarten sah er die Katze im Zickzack mit dem Knäuel über den Marmor schlittern und mit blitzschnellen Pfotenhieben hinter ihm herjagen. Victor Klein nahm das tragbare Telefon von der Anrichte und wählte die Nummer des Reisebüros.
»Trav'lin' Light, guten Morgen, Sie sprechen mit Elly.«
»Victor Klein, kann ich mal eben meine Frau Gemahlin sprechen?«
»O, Mijnheer Klein, guten Morgen, Elisa ist nicht da, sie ist für zwei Tage nach Brüssel gefahren.«
»Nach Brüssel? Was macht sie in Brüssel?«
»Das weiß ich nicht, soll ich Ihnen mal Charlotte geben?«
»Nein, laß nur, ist nicht so wichtig.« Er unterbrach die Verbindung und ließ das Telefon in den verchromten Treteimer fallen.

Er beschloß, sich anzukleiden, so konnte man nicht in den Kampf ziehen. Im Flur hörte er das Zuschlagen einer Autotür, er lauschte gespannt, sein Herz schlug vor Freude. Hastig öffnete er die Haustür, wartete auf ihre schnellen Schritte auf dem Kies. Er rief fragend ihren Namen, doch hinter den Rhododendren hörte er joviale Männerstimmen und Schritte, die langsam verklangen.
Er schloß die Tür, fühlte sich todmüde, als hätte er nächtelang am Schreibtisch gesessen. Er hatte das Bedürfnis nach einem eiskalten Bad, die Hitze mußte aus seinem Körper, aus dem Kopf.
Victor Klein ging mit lahmen Beinen die Treppe hinauf.
Konnte er sich eigentlich an einen Moment in seinem Leben ohne Elisa erinnern? Sie schien seit seiner Geburt bei ihm gewesen zu sein, seit undenklichen Jahren. Morgen wurde er siebenundvierzig, älter als sein Großvater. Um Geburtstage kümmerte er sich sonst nie. Er betrachtete sie als geschmacklose Feiern des Niedergangs. Nun aber, wo Elisa offenbar in Brüssel war, sich von ihm trennen wollte, wünschte er von ihr und seinen Töchtern gefeiert zu werden, mit einer brennenden Torte auf dem Tisch und ausgelassenem Gesang, in dem man ihn hochleben lassen würde. Und über nichts würde mehr ein Wort verloren werden, außer über die Tatsache, daß er so ein schönes Alter bei guter Gesundheit erreicht hatte.
Das war es natürlich, dachte er, die Leute wurden heutzutage zu alt, dem waren Ehen nicht mehr gewachsen. Früher schlug der Sensenmann beizeiten

zu. Vielleicht sollte er diesem unberechenbaren Gesellen ein wenig behilflich sein. Mit einer Streichholzschachtel voll Paracetamol würde er bereits zu den Sternen aufsteigen, und eine verzweifelte Elisa hätte das Nachsehen. Selbst schuld. Oder ein Tod, wie manche Japaner ihn vorzogen. Die stiegen dünn bekleidet zum Gipfel eines Berges hinauf und gaben sich dort der nächtlichen Kälte hin.
Er stand mit verschränkten Armen in der Tür zum Schlafzimmer. Die zugezogenen perlweißen Vorhänge ließen gedämpftes Licht durch. Victor Klein war das Schlafzimmer noch nie so verlassen vorgekommen. Zögernd betrat er den Raum, als wäre er ein Eindringling. Er blickte auf das gerahmte Foto von Lauren und Kim, nahm einen Spiegel von Elisas Nachttisch und hielt ihn sich vors Gesicht.
Elisa, ich bekomme alte Augen, hilf mir.
Wir kaufen eine Brille für dich, Victor, komm jetzt zu Tisch.
Er sah auf das Bett, dachte an die Nächte, in denen sie weit voneinander entfernt dagelegen hatten, zu stolz, eine Hand auszustrecken oder über ihre Einsamkeit zu sprechen.
Er ließ sich auf Elisas Bett fallen, roch den Duft von White Linen in den Kissen. Er vergaß sich und schrie los.
»Elisa, ich liebe dich! Ich sterbe, wenn du weggehst!«
Er heulte erbärmlich in ihren Kissen, drehte sich dann auf einmal um und war still. Er sah Elisa durch Brüssel gehen, selbstsicher, die rechte Hand auf dem Verschluß ihrer Umhängetasche, ihre neugierigen

meergrünen Augen, denen nichts entging. Er sprang auf. Vielleicht war sie ja nicht allein in Brüssel, und er wurde deshalb vertrieben. Vielleicht ging sie in diesem Moment am Arm eines anderen spazieren, wurde er schlichtweg ausgetauscht. Sein Atem ging stockend, er ließ sich zurückfallen, gepeinigt von Unsicherheit und dem nie gekannten Gefühl, er habe die Ereignisse nicht mehr im Griff.

Im Arbeitszimmer über ihm wurde Booker lebendig. »Elisa! Elisa! Lieber Kerl! Elisa!«

Er drehte sich auf die Seite, zog die Knie hoch und schlief erschöpft ein.

Der Wind jagte Wolkenungetüme Richtung Meer und fegte um die drei Hochhäuser, die wie riesige steinerne Ausgucke am Rande von Haarlem aufragten.

Victor Klein stand mit wehendem Haar auf einer weiten Fläche von Betonplatten und winterfest gemachten städtischen Rabatten. In jeder Hand trug er einen altmodischen, aus glänzenden Rohren gebogenen Bürostuhl, die er mit schwarzem geripptem Baumwollsamt hatte beziehen lassen.

Er schaute am mittleren Hochhaus hinauf und suchte das siebente Stockwerk. »He, Stühle«, murmelte er, »da oben ist unser Zuhause. Ist das nicht toll?«

Er lächelte über die Tristheit seiner neuen Umgebung. Aber er zog die Verbannung in diesen entlegenen Winkel der Stadt einem längeren Verbleib im Fotoatelier eines ehemaligen Kollegen von der Zeitung vor, der mit dem Motorrad nach Afrika losgezogen war, um den alten Hunger und die neue Pest für die Nachwelt festzuhalten. Er hatte in Erwägung gezogen, den Fotografen zu begleiten und Booker dort in die Freiheit des Dschungels zu entlassen, doch es fehlte ihm an Mut, sich so weit von Haarlem entfernt auf die Konfrontation mit seiner eigenen Sterblichkeit einzulassen. Außerdem schwirrte ihm der Kopf noch zu sehr. Das Los anderer war ihm gleichgültig.

Zwei Monate hatte er mit Booker zwischen den Kartons gelebt, in denen sein Hab und Gut verstaut war. Um sein Leiden sichtbar zu machen, hatte er sich einen Schnurrbart wachsen lassen und Booker das gleiche anheimgestellt. Zwei Monate lang mußte er sich die Wohnung mit der Anzeichen von Senilität aufweisenden Mutter des Fotografen teilen, die mit allen möglichen Grießgerichten ins Atelier geschlurft kam, ihn Eduard nannte und dann wieder die Polizei zu rufen drohte, falls er nicht auf der Stelle verschwinde. Seine größte Sorge bestand aber darin, die alte Frau daran zu hindern, Booker »Kraule-kraule« beizubringen oder das ebenso entehrende »Lora«. Er hatte von in die Jahre gekommenen Papageien in deutschen Zoos gehört, die bis zum heutigen Tag »Heil Hitler« riefen, denn den Vögeln fehlte die Fähigkeit, sich an veränderte Zeiten anzupassen.

»Mevrouw, würden Sie bitte nicht ständig ›Lora‹ zu Booker sagen.«

»O, ist das Ihrer?«

»Ja, das wissen Sie ganz genau, das habe ich Ihnen schon hundertmal gesagt.«

»O, ich dachte, der wohnt hier.«
»Tut er auch, Mevrouw, aber Sie dürfen nicht so mit ihm reden, er ist nämlich sehr krank, verstehen Sie?«
Als er eines Tages nach einem positiv verlaufenen Besuch bei einer Wohnungsbaugenossenschaft das Atelier betrat, fand er die alte Frau weinend zwischen seinen Kartons. Beim Versuch, Booker mit Grießpudding zu füttern, in den sie nach ihren Worten eine kleine Auswahl ihrer eigenen Medikamente gerührt hatte, hatte der Krummschnabel zugebissen. Victor Klein verband ihren Finger, kaufte für sie Blumen und gab Booker ein paar frische Weidenzweige zum Knabbern. Die alte Frau ließ sich nicht mehr blicken, nachts hörte er sie über sich herumpoltern. Beim Abschied umarmte sie ihn, »paß gut auf dich auf, Eduard« und steckte ihm ein Seifenherz zu.

Der Wind ließ die Stühle in seinen Händen hin und her schaukeln, zerrte an seinem Jackett, drückte ihm die Hose an den Beinen platt.
Gegenwart, Vergangenheit und Zukunft hatte er die drei identischen Hochhäuser getauft, als er sie das erste Mal sah. So bekam die Anonymität wenigstens eine gewisse Bedeutung, fand er. Die bis zum Himmel aufeinandergeschichteten Stockwerke waren umgeben von einer Spielwiese, einem langgezogenen Teich mit Schilfgürtel und in der Ferne einer Schnellstraße, die zum Flughafen und in die Hauptstadt führte, einem vor sich hin dösenden Altersheim und ansonsten einigen Straßen mit

seelenlosen Flachbauten, die in ein schäbiges Einkaufszentrum mündeten, wo sich Flugsand, totes Laub und Papierreste vor den Ladenfronten häuften und wo unablässig verzweifelt-fröhliche Musik aus Lautsprechern tönte.
Victor Klein faßte seine Stühle fester und dachte an Elisa. Er stellte sich vor, daß sie ihn in diesem Moment von ihrem Auto aus beobachtete, wie er hier einsam im Wind stand, bereit, den Wohnturm zu betreten. Sie würde die getönte Scheibe durch Knopfdruck hinunterlassen, ihn heranwinken. Komm, Trauerbirke, das hat jetzt lange genug gedauert, laß uns vergessen, was geschehen ist. Laß uns zusammenbleiben, du fehlst mir. Komm zurück nach Heemstede.
Er blickte sich um, sah jedoch lediglich einen giftgrünen Glascontainer, geparkte Autos, darunter das seine, und zwei alte Menschen, die in einer Windbö stillzustehen schienen.
Hoffnung ließ ihn zögern, für einen Moment stellte er die Stühle ab.
Sie sollte eine Chance bekommen. Er würde warten, bis die Verkehrsampel am Ende der Straße dreimal umgesprungen war. Wenn sie dann nicht auftauchte, würde er »Vergangenheit« betreten, und dann wäre Elisa für ihn verloren.
Er strich sich die Haare aus dem Gesicht, stützte sich auf die Stühle. Noch waren Elisa und er nicht geschieden, doch das konnte schon bald passieren, denn er verlangte nichts, wollte nichts. Einen Teil des Porzellans, das er in einer Anwandlung mitgenommen hatte, schickte er einige Tage später nach

Hemsteede zurück. Er forderte sich Haltung ab, mochte nicht von ihren Tellern essen, aus ihren Tassen trinken.
Er hatte ihr sogar einen Entschuldigungsbrief geschickt für die kleine Unordnung, die er vor seinem Auszug angerichtet hatte. Er schrieb, er sei nicht bei Sinnen gewesen, als er ihre gesamte Garderobe ins Gartenhaus gepfropft und die Rechen, Spaten und Hacken in die anthrazitgrauen Kleiderschränke gestellt habe, ihre Dessous in die Gefriertruhe gelegt, ihre lederne Golftasche mit kalorienarmen Erfrischungsgetränken vollgegossen und die Kissen auf ihrem Bett mit Kies gefüllt habe. Daß er außerdem noch die Marmelade mit Matsch verlängert und den Inhalt sämtlicher Flakons mit Badeschaum durch eine Mischung aus Honig, fettarmer Mayonnaise und pfauenblauer Tinte ersetzt habe. Daß es für ihn eine Ehrensache sei, den Schaden wiedergutmachen zu dürfen, den diese täppischen Unmutsbekundungen angerichtet hatten.
Doch sie hatte nicht geantwortet.
Er griff nach den Stühlen. Natürlich würde sie nicht kommen, seine Telefongespräche mit ihr hatten jedesmal mit harschen Vorwürfen geendet, so daß er sich fragte, ob er all die Jahre blind und taub gewesen war.
Der Lift für die ungeraden Stockwerke brachte ihn in die siebte Etage. Er bugsierte die Stühle in den klammen gefliesten Flur, auf dem eine Neonröhre unregelmäßig flackerte und den er sich mit drei Familien teilte, von denen er zwei während des Umzugs kennengelernt hatte. Einen Seemann mit

Frau, zwei Kindern und einem Schäferhund, daneben ein junges, lebenslustiges Ehepaar, dessen männlicher Teil in einem mit riesigen Honigkuchen und faustgroßen Kandisbrocken bemalten gelben VW-Bus herumfuhr.

»Also, Nachbar, wenn ich dir irgendwas helfen kann, dann sag nur Bescheid.«

Victor Klein hatte den hilfsbereiten Vertreter lange angesehen.

»Sie können mir in der Tat helfen, indem Sie mich nicht mit ›Nachbar‹ anreden. Sagen Sie einfach ›Mijnheer Klein‹, und wenn Ihnen das nicht gelingt, dürfen Sie es mit ›Victor‹ versuchen.«

»Ich heiß einfach Wim.«

»Ein wahrer Segen, so zu heißen.«

Die Tür zu seiner Wohnung befand sich schräg gegenüber vom Fahrstuhl, und das winzige Guckloch bot einen unangenehm verzerrten Blick auf den Flur, der aussah wie eine Leichenhalle.

Von seinen unmittelbaren Nachbarn hatte er noch nichts gehört oder gesehen, doch angesichts der Türmatte mit dem eingewirkten »Willkommen« konnte er darauf auch bestens verzichten.

Als Wim Lauren und Kim sah, die ihm beim Umzug halfen, erkundigte sich der redselige Vertreter mit den Händen in den Taschen, ob Mijnheer Klein vielleicht geschieden sei.

»Das ist eine Frage, die Sie Fremden tunlichst nicht stellen sollten. Aber da ich annehme, daß Sie es nicht böse meinen, werde ich sie Ihnen beantworten. Meine Frau ist in eine Anstalt eingeliefert worden. Sie hat von einem Tag auf den anderen den

Verstand, die Zähne und die Haare auf dem Kopf verloren. Sie verstehen wohl, das ist kein Pappenstiel, nicht wahr? Gehen Sie jetzt und erzählen Sie es Ihrer Gattin und schweigen Sie ansonsten darüber.« Kurz darauf klingelte es, und Kim bekam drei frische Honigkuchen überreicht mit der Bitte, Mijnheer Klein viel Kraft zu wünschen.

Nach dem Bewohnbarmachen seiner neuen Behausung – Kim hatte die Heizkörper gestrichen und Lauren die Küche eingeräumt – war Victor Klein mit seinen Töchtern in Kraantje Lek Pfannkuchen essen gegangen. In der trauten Gemütlichkeit von Bauernkaros und Hirschgeweihen hatten sie lachend dagesessen. Kim sagte, er sehe sinnlich aus mit seinem Schnauzer, traurig, aber sinnlich. Lauren fand, Männer könnten nicht sinnlich aussehen, allenfalls faszinierend. Sie legte ihm eine Hand in den Nacken.

»Ich finde übrigens, du siehst mit diesem Schnurrbart eher wie ein Landesverräter aus, ein bißchen wie Anton Mussert.«

»Mussert trug keinen Schnurrbart, mein Kind, seine Frau hatte einen.«

Lauren hatte ihn geküßt.

Als sie an den Überresten des hohlen Baums vorbeikamen, hakten sich beide Töchter bei ihm ein, erinnerten sich, daß sie vor langer, langer Zeit oft zu viert hier gewesen waren und daß er ihnen erzählt hatte, aus diesem Baum kämen die Babys. Er hüstelte und sagte plötzlich: »Kinder, ich liebe euch.« Er mußte schlucken und wandte den Kopf ab.

»Versuch dich normal zu benehmen, ja?« hörte er Kim mit gequetschter Stimme sagen. Er schlang die Arme um seine Töchter. »Wir lieben dich, Victor, und wir lieben Elisa. Vielleicht kann sie dich ja irgendwann wieder ertragen. Gib der Zeit eine Chance.«
Einen Moment lang war er glücklich, wie er da mit seinen Kindern vor dem fast völlig verrotteten Lebensbaum stand.
»Es irrt der Mensch, so lang er strebt«, murmelte er.
»Komm uns jetzt bloß nicht mit Goethe, du gräßlicher Kerl«, rief Kim, »denk dir doch selbst mal was aus.«
»Auf geht's, meine Damen, ich habe noch zu tun, schließlich lebe ich nicht von Vater Staat.«
»Widerling«, sagte Lauren.
Lachend waren sie zum Auto gegangen.
»Jetzt siehst du wieder etwas vergnügter aus«, sagte Kim, »laß mich mal fahren.«
Er hatte auf der Rückbank gesessen, mit geschlossenen Augen.
»Bist du tot, Victor?«
Er nickte.
Ohne Elisa fühlte er sich, als habe jemand ein großes Loch in ihn geschossen.

Er öffnete die Tür. Mit einem lauten Knall fiel sie hinter ihm ins Schloß. Jetzt war er allein, es gab keinen Weg mehr zurück. Während er in diesem Atelier gehaust hatte, hatte er sein Dasein als unwirklich empfunden, hatte er im Grunde täglich auf ein Zeichen von Elisa gewartet, das seine zwangsweise Freiheit beenden würde. Nun aber *wohnte* er, unerbittlich. Der Luftstrom, der im Fahrstuhlschacht des Hochhauses wehte wie in einer Orgelpfeife, hatte die Tür hinter ihm zugezogen. Alles Gute, Elisa.

»Booker, ich bin wieder da, alles in Ordnung?«

Victor Klein ging mit den beiden Bürostühlen ins Wohnzimmer und stellte sie links und rechts neben den kleinen Mauser-Tisch, ein Modell aus den fünfziger Jahren mit drei verchromten Beinen und zwei runden mattschwarzen Platten untereinander. Donnerwetter, waren die Deutschen doch vielseitig, da sie nicht nur Mauser-Pistolen, sondern auch geschmackvolle Tische herstellen konnten! Die Geschichte der Firma Mauser müßte er mal genauer erforschen, vielleicht könnte er für eine Zeitschrift einen Artikel darüber schreiben. Er sah sich in seinem Wohnraum um und pfiff eine Melodie aus vergangenen Zeiten durch die Zähne. Ein alphabetisch geordneter Bücherschrank, CDs in einer langen Reihe vor den Fußleisten auf dem dunkelgrauen Teppich. An den Wänden ein gerahmtes Foto von August Strindberg auf dessen letztem Morgenspaziergang am 9. April 1912, tief in einen schwarzen Mantel mit Pelzkragen vergraben, während der Nebel im Hintergrund ihn bereits einzuholen drohte. Außerdem einige Postkarten mit Bildern von Francis Bacon und Otto Dix sowie Fotos eines bejahrten Affen in einem Kinderwagen, eines Hundes mit hängenden Schultern und Indianerschmuck in einem Kanu, aufgenommen von William Wegman. Schließlich ein Bild, das er selbst gemacht hatte: Kim und Lauren auf dem Empire State Building.

Silberfarbene Jalousien filterten das Licht, brachten Ruhe und Gelassenheit in den Raum. Neben seinem Schreibtisch, vor den Fenstern mit Aussicht auf die Stadt, war Booker untergebracht, in einem neuen rechteckigen Käfig mit bequemen Sitzstangen auf verschiedenen Höhen, so daß der Graupapagei sich von Zeit zu Zeit die dicken Kletterfüße vertreten konnte. Er ging in die Küche und setzte Kaffee auf. »So, Booker, der Kaffee ist in Arbeit«, rief er, »und wir sind unter Dach und Fach. Ist doch prima, was?« Booker knurrte nur und raschelte in seiner geräumigen Behausung.

Aus dem Schlafzimmer holte er seine Pfeife. Von hier hatte er abends einen herrlichen Blick auf die funkelnden Lichter des Flughafens und der Maschinen, die wie Glühwürmchen aussahen. Den Fernseher hatte er hinter die Tür gestellt. Sein Schlafplatz war eine Matratze zweifelhafter Qualität, die auf dem Boden lag, darauf eine graue Decke.

Der Kauf der Matratze hatte ihn zu seiner Überraschung ernsthaft berührt, weil ihm im Geschäft plötzlich aufging, daß Elisa nie wieder neben ihm liegen würde.

»Die hier hält wirklich ein Leben lang«, sagte der Verkäufer im »Bettenparadies«, er federte mit Händen und Knien auf einer in durchsichtigem Plastik verpackten Matratze.

Ein Leben lang allein, dachte Victor Klein und wollte gehen. »Noch länger, garantiert«, erklärte der Verkäufer, während er hingebungsvoll weiterfederte.

Er spürte, wie es ihm die Kehle zuschnürte, versuchte zu schlucken und fuhr dann den Verkäufer an.

»Was denken Sie sich eigentlich? Wie kommen Sie dazu, mir ein Totenbett anzupreisen? Dann können Sie ja gleich einen Sarg und ein Leichenhemd dazutun! Ich nehme eine andere Matratze.«
Verärgert über seinen Gefühlsausbruch hatte er beim Verlassen des Geschäfts noch gerufen: »Ich würde Ihnen empfehlen, das ›Bettenparadies‹ in ›Bettenhölle‹ umzubenennen. Adieu!« Doch inzwischen war er mit seinem Schlafplatz zufrieden. Er konnte die ganze Nacht im Bett Pfeife rauchen, wenn er wollte, das Licht anlassen oder fernsehen. Keiner, der ihm etwas verbot. Seine Zwangsfreiheit hatte doch auch angenehme Seiten.
Er goß sich Kaffee ein und setzte sich vor Booker auf den Klavierhocker. »Kaffee, Booker.«
Booker kletterte ihm entgegen, pfiff kurz und sah ihn mit einem blaßgelben Auge an: »Kaffee! Elisa! Lieber Kerl, jaaah . . . Bookerrrr, Victor, Victor?«
»Schweig, Booker, und hör mir zu, wir sind jetzt allein, hier hört und sieht uns kein Mensch. Ich werde für dich sorgen, achtgeben, daß es dir an nichts fehlt. Ich werde frisches Obst für dich kaufen, manchmal die Jalousien für dich öffnen, damit du in der Sonne sitzen kannst, und schöne Zweige werde ich auch für dich schneiden. Aber es muß abgemacht sein, daß dir ihr Name nicht mehr über den Schnabel kommt. Ich sage dir, wie's ist. Sie ist ein Störenfried, Booker. Sie taucht in meinen Träumen auf und zeigt mir ihren Mund oder ihre Ohrmuscheln. Sie bückt sich vor mir, sitzt mit übergeschlagenen Beinen auf unserem schwarzen Mauser-Tisch, schiebt die Lippen vor. Du mußt

mir versprechen, ihren Namen nicht mehr zu nennen. Wir können sie X nennen, wenn's unbedingt sein muß. Aber wenn dir ihr Name noch einmal über die lederne Zunge rutscht oder wenn ich sehe, daß du deinen beinernen Mund bewegst, und ich daraus schließen kann, daß du diesen Namen doch ausgesprochen hast, dann werfe ich dich mitsamt deinem Käfig aus diesem Hochhaus, das ich ›Vergangenheit‹ genannt habe. Schreib dir das hinter die Ohren, Bursche! Dann lebe ich eben in Zukunft allein, und glaub mir, ich kann das. Also: weg mit ihr. Sie wird zur Zeit woanders hochgehoben und berührt, auch wenn sie das Gegenteil schwört. Für mich existiert sie nicht mehr, sie ist eine der Milliarden Menschen geworden, die auf den Tod zusteuern. Vielleicht macht dir das was aus, Booker, dann nur raus mit der Sprache. Aber denk dran, sie hat uns beide verstoßen, also paß auf, was du sagst. Und sie hat eine Katze ins Haus gebracht, kannst du dich noch erinnern? Jetzt müssen wir eben zusammen alt werden. Vielleicht kannst du mir eines Tages von dem Land erzählen, in dem du geboren bist, von der Zeit, als du noch über diesen geplagten Erdteil fliegen konntest. Vielleicht kannst du mir das auch mal beibringen, Fliegen. Seite an Seite, lieber Krummschnabel, aber du sagst, wo's langgeht, schließlich bist du der Vogel. Wir könnten übers Meer fliegen, einen Abstecher nach Heemstede machen und, wenn es sich gerade so ergibt, eine kurze Pause auf einer gewissen Trauerbirke einlegen. Ich würde nicht zum Haus schauen, dir würde ich's aber erlauben, und du könntest mir erzählen, daß sie, du weißt, wen ich meine, sehr, sehr traurig ist, meinen Namen ständig im Mund führt. Denk mal darüber nach und nimm's mir nicht übel, daß ich dir soviel erzähle, aber das wird hin und wieder notwendig sein. Hast du noch genug Wasser und Körner? Dann werde ich dir mal einen Apfel schälen.« Er stand auf und ging, in Gedanken versunken, in die Küche. Das Telefon läutete, auf seinem Schreibtisch schaltete sich der Anrufbeantworter ein.

»Hier ist der Uhrmacher«, sagte eine Männerstimme. »Mijnheer Klein, ich wollte Ihnen nur sagen, daß Ihre Uhr repariert ist. Sie können sie abholen. Es kostet zweiundfünfzig Gulden. Danke sehr.« Victor Klein hatte die Botschaft mit Freude vernommen, er schnitt ein Stück von einem Apfel ab und brachte es seinem Freund, der gierig den Mund aufriß.

»Hast du das verstanden, Booker, die Uhr ist fertig, dann wissen wir wenigstens wieder, wie spät es im Zweiten Weltkrieg ist. Wir können wieder mithalten.« Er setzte sich summend an seinen Schreibtisch und zog die Jalousien ein Stück hoch. Im Hochhaus »Zukunft«, das einen Teil seines Panoramas verschandelte, brannten Lichter, dahinter funkelte Haarlem in der sich herabsenkenden Dunkelheit. Er sah das Kuppelgefängnis, die Grote Kerk, die St. Bavo mit ihrem Zeppelinrumpf. Am Horizont lag das Meer, so unsichtbar wie Heemstede. Wenn er ein Fernrohr kaufte, könnte er sie vielleicht sehen, wie sie sich die blonden Haare bürstete, ihre gemeinsamen Jugendfotos anschaute, die er bis auf einige wenige dagelassen hatte.

Na komm schon, sagte er zu sich selbst, jammer hier nicht rum. Du hast genug Aufträge, du darfst sogar noch ein Buch übersetzen, auch wenn es nur das »Lexikon der Symbole« ist, du bist erhobenen Hauptes aus dem tiefen Tal geklettert. Er stopfte sich eine Pfeife, lehnte sich zurück und ließ große Rauchwolken zur Decke steigen. Er knipste die schwarze Schreibtischlampe an, die Kim und Lauren ihm gekauft hatten, »für deine Aussteuer, Victor«, und blies ein paar Tabakkrümel von seinem streng geordneten Schreibtisch. Er nahm einen schmalen Band in die Hand, den er in einem Antiquariat in der Kleine Houtstraat gefunden hatte, »Erzählungen eines Papageis«, sechs Geschichten aus Indonesien, bearbeitet nach der persischen Sammlung »Tûtî-Nâmeh« von Nakhshabî. Er warf einen Blick auf Booker, der ihm jedoch den Rücken zugewandt hatte und ein Nickerchen zu halten schien.

Victor Klein las, paffte dann und wann an seiner Pfeife. Er hörte den Wind durch das Hochhaus heulen, das Klicken von Stöckelabsätzen über sich, Blubbergeräusche in den Heizkörpern. Der Papagei in dem Buch entpuppte sich als weiser Vogel, der hochstehenden Personen Rat in Liebesdingen erteilte.

Irgendwo in einer der Etagen wurde die Toilettenspülung betätigt. Victor Klein schaltete den Weltempfänger ein, auf dem er meist einen Klassiksender eingestellt hatte. »Sie hören jetzt«, sagte eine sonore Stimme, »*The Unanswered Question* des amerikanischen Komponisten Charles Ives, ein

Stück aus dem Jahr 1908, dem er ursprünglich den Titel *A Cosmic Landscape* gegeben hatte. In *The Unanswered Question* stellt die Trompete siebenmal die Frage nach dem Sinn des Lebens. Sie hören eine Aufführung des New York Philharmonic Orchestra unter der Leitung von Leonard Bernstein.«

Victor Klein legte die Pfeife beiseite und schaute mit zusammengekniffenen Augen hinaus. Streicher flossen träge ins Zimmer, und aus ihren trübseligen, gedehnten Klängen glitt eine Trompete hervor, so traurig, daß Victor Klein das Gefühl hatte, er werde hochgehoben und begänne in einem gleißenden Licht zu schweben. Er suchte mit einer Hand Halt an der Armlehne seines Stuhls, tastete mit den Fingern der anderen nach seinem Schnurrbart. Regungslos blieb er sitzen und kam erst wieder in Bewegung, als die Stimme im Radio das nächste Musikstück ankündigte.

Er wanderte durch das Zimmer.

Warum konnte er nicht Trompete spielen? Warum eigentlich nicht? In respekteinflößender Haltung, das rechte Bein etwas vorgestellt, das Instrument gen Himmel erhoben. Das leise Vibrato, die unerbittliche Härte, um das Böse zu bannen, die Melancholie, um das Leben erträglich zu machen. Warum sollte er das nicht lernen? Warum nicht? Vielleicht war er zu alt. Wer bestimmte das? Er war doch frei, konnte jetzt alles tun, was er wollte. Er brauchte auf niemanden Rücksicht zu nehmen. Dann sollte er es tun, er liebte Musik. Sie nicht, sie hatte freundlicherweise mit zugehört, unweigerlich die Stimme erhoben, wenn eine gefühlvolle Passage be-

gann. Vielleicht war er ja irgendwann in der Lage, zu den CDs von Roy Fox und all den anderen toten Freunden zu spielen. Er schaute auf das schwarze Fenster und sah sein Spiegelbild. Diese Gestalt war keineswegs gebrochen. Gerade Schultern, eine kräftige Brust, die viel Raum für Luft bot. Günstig. Er trat auf sein Spiegelbild zu. Glänzende, schwermütige braune Augen, dunkles, gescheiteltes Haar, das an den Schläfen grau wurde, ein breiter Mund, der langsam zu lächeln begann.
Er nickte sich zu und winkte kurz.
»Adieu, ich lerne jetzt Trompete spielen. Bis dann.«
Victor Klein wandte sich an Booker, um ihm den großen Entschluß mitzuteilen.
Aber Booker schlief.

Dancing in the dark

Victor Klein stand mit einem prickelnden Gefühl der Erregung vor der Auslage eines Musikgeschäfts in der Kruisstraat und hielt die Hände schützend über die Augen gegen die Spiegelung der Schaufensterscheibe.
Er suchte nach einer Trompete, sah aber nur eine aufwendige Dekoration mit Saxophonen, Gitarren und Keyboards, ferner ein Klavier mit Noten von Busoni, eine Querflöte auf einem gefältelten Stück Samt und Gipsbüsten von Bach, Mozart und Beethoven. Hatten die hier keine Trompeten zu verkaufen?
Im Laden erkannte er fünf schemenhafte Gestalten, eine davon an einer Orgel, dessen lebhaftes Spiel zwischen den Gas gebenden gelben Stadtbussen deutlich zu hören war.
Er zögerte.
Wie sollte er fragen? Haben Sie eine Trompete zu verkaufen, oder: Haben Sie auch Trompeten vorrätig? Der Gedanke an die Frage nach dem Instrument erfüllte ihn mit Verlegenheit, als hätte er etwas Intimes im Sinn. Es war überdies eine Frage, die er sein ganzes Leben lang noch nie gestellt hatte.
Wieder warf er einen kurzen Blick hinein. Natürlich befanden sich ausschließlich Musiker in dem Geschäft, und die würden sofort feststellen, daß er nicht einer der Ihren war. Was sollte er tun, wenn seine Frage Hohngelächter hervorrief?

Mijnheer, eine Trompete? In Ihrem Alter? Warum nehmen Sie keine Maultrommel oder eine Nasenflöte? Können Sie überhaupt Noten lesen? Vielleicht sollte er sagen, daß er an einem umfangreichen Artikel über Blasinstrumente arbeitete und sich gerne mal eine Trompete aus der Nähe ansehen wollte. Warum aber fragte er dann nicht nach einer Posaune oder einer Tuba?

Er ermannte sich und klopfte die Asche aus seiner Pfeife. Er würde einfach hineingehen und sagen, daß er sich mal umschauen wolle. Sollte man ihn in Verlegenheit bringen, dann konnte er noch immer ein Plektron kaufen oder eine Büste und wieder gehen.

Als er die Ladentür behutsam öffnete, wurde sein Eintritt durch penetrantes Gebimmel angekündigt, doch zu seiner Erleichterung sah niemand auf. Er schritt an dem kostbaren, warmbraunen Holz von Geigen und Celli vorbei, an tintenschwarzen Klarinetten mit ihren funkelnden Tressen, er passierte ein umfangreiches Angebot von Noten und machte suchend halt bei einer Kollektion goldener Saxophone, die mit gebogenen Hälsen auf Ständern prangten.

Der Orgelspieler im hinteren Teil des Geschäfts beendete sein Spiel und begann ein Gespräch mit einem Verkäufer, während dessen er von Zeit zu Zeit noch einen Probeton erklingen ließ.

Ein älterer Herr in dunkelblauem Anzug und mit Halbbrille trat auf ihn zu.

»Guten Tag, Sie wollen sich mal umschauen, nehme ich an?«

»Ja«, sagte Victor Klein, »das heißt, ich sehe nirgends eine Trompete.«
»Die haben Sie dann übersehen. Wollen Sie ein neues oder ein gebrauchtes Instrument?«
»Nein, ich will eine gebrauchte.«
»Da sind Sie schon vorbei, die stehen beim Eingang. Ich darf mal vorgehen.«
Victor Klein hüstelte nervös.
Es war heraus: Ich will eine gebrauchte, und dazu in einem Ton, der noch nichts von seiner Unwissenheit verriet, sondern so klang, als wolle er den vielen gebrauchten Trompeten, die er bereits besaß, eine weitere hinzufügen. Noch hatte er keinen Gesichtsverlust erlitten.
Der Verkäufer bückte sich und öffnete die Glastür eines beleuchteten Schranks. »Sehen Sie mal, eine Courtois, zwei Bessons, eine Martin, ein Flügelhorn von Getzen, und hinten habe ich noch eine Vincent Bach, die aber erst überholt werden muß, zwei Pikkolotrompeten, ein Kornett . . .«
Victor Klein hockte sich vor den geöffneten Schrank und blickte fast verzaubert auf die Instrumente, die matt schimmerten, messingfarben die einen, andere wie altes Silbergeld, mit ziselierten Stürzen und Ventilknöpfen aus Perlmutt, umkränzt von einem Wald elegant geformter Mundstücke.
»Hatten Sie etwas Bestimmtes im Auge?« fragte der Verkäufer.
Victor Klein erhob sich, sah durchs Schaufenster hinaus und preßte für einen Moment die Lippen zusammen. Also los.

»Ich kann nicht spielen, aber ich möchte es gern lernen.«
Er sah den Verkäufer prüfend an und bemerkte in dessen Augen über der Halbbrille einen überraschten, aber freundlichen Blick.
»Ach, wie schön. Wie kommen Sie auf die Idee, wenn ich fragen darf? Haben Sie noch nie gespielt?«
»Nein, ich kann nicht mal Noten lesen. Mir kam auf einmal die Idee, daß ich Trompete lernen will. Oder meinen Sie, daß ich dafür zu alt bin?«
Der Verkäufer verschränkte die Arme. »Zu alt, zu alt, was heißt zu alt? Ich habe neulich erst in der Zeitung von einer siebzigjährigen Frau gelesen, die anfing, Chinesisch zu studieren. Ich weiß übrigens nicht, was schwerer ist, Chinesisch oder Trompetespielen, ich fürchte, letzteres. Da haben Sie sich so ungefähr das schwierigste Instrument ausgesucht, das es gibt. Aber vielleicht haben Sie ja Talent und stehen in ein paar Jahren schon auf der Bühne.«
Victor Klein lächelte den Verkäufer dankbar an.
»Ich würde Ihnen zu einer B-Trompete raten, so einer zum Beispiel.« Er reichte ihm ein Instrument.
»Nein, nein, die rechte Hand auf die Ventile, so, ja, den kleinen Finger der linken Hand hinter den Haken, Mundstück drauf und üben.«
Victor Klein stieg ein merkwürdiger, nicht unangenehmer Geruch von Metall und Öl in die Nase. Die Trompete fühlte sich in seinen Händen wie eine Waffe an, schwer und brüderlich. Er drückte mit den Fingerspitzen auf die elastisch federnden Ventile und hörte leise Schmatzgeräusche.

»Die hier ist zufällig gerade völlig neu überholt und geölt. Kostet neunhundertfünfzig Gulden. Ein gutes Instrument.« Der Verkäufer sah suchend in den Schrank. »Vielleicht haben wir hinten noch etwas, bin gleich wieder da.«
Victor Klein blieb strahlend mit der Trompete in der Hand stehen, vergaß, daß er fast im Schaufenster stand, für jedermann sichtbar. Der Schmerz wegen Elisa, der in jeder Minute des Tages in ihm weiterwuchs, war verschwunden. Als ob er unversehrt wäre, ohne Vergangenheit, als ob er erst vor dem Anfang stand. Seine Lippen berührten das Mundstück, doch er traute sich nicht zu blasen, aus Angst, das Glücksgefühl zu zerstören. Er dachte an seine alten Schallplatten von Louis Armstrong und Harry James. Ach ja, wo waren die geblieben? Weggeworfen? Hatte er als Junge nicht immer schon mit dem Mund mittrompetet? Warum hatte er nicht bereits in der Jugend begonnen, Trompete zu spielen? Eigenartig. Er hätte sich beim Fanfarenzug anmelden können, da bekam man ein Instrument geliehen. Nie auf die Idee gekommen. Vielleicht wegen der Aussicht, eine alberne Kopfbedeckung mit Federbusch tragen zu müssen. Wie konnte er das alles nur vergessen haben?
Er schüttelte den Kopf.
»Nicht gut?« fragte der Verkäufer, der plötzlich wieder neben ihm stand.
»Doch, aber ich habe mich gerade gefragt, warum ich das nicht schon früher getan habe.«
»Tja«, sagte der Verkäufer, »so geht das im Leben. Schauen Sie mal, ich habe Ihnen hier ein paar Na-

men von Leuten aufgeschrieben, die Trompetenunterricht erteilen. Ich denke, Sie sollten besser erst mit einem von ihnen reden und mit dessen Hilfe eine Trompete kaufen. Ich verkaufe Ihnen gern ein Instrument, so ist es nicht. Aber ich denke, das ist vernünftiger. Hinten lag auch nichts Gescheites mehr, Trompeten gehen eigentlich nicht mehr so. Heutzutage sind eher Saxophone gefragt, das schwankt eben.«
Victor Klein gab die Trompete zurück und steckte den Zettel, auf den der Verkäufer mehrere Namen geschrieben hatte, in seine Brieftasche. »Ich würde aber gern ein Mundstück kaufen.«
»Sie können wohl nicht warten, wie? Ich sage Ihnen ganz ehrlich, das ist dasselbe, als ob Sie für jemand ein Paar Schuhe kaufen, dessen Schuhgröße Sie nicht kennen. Mundstücke sind ein Kapitel für sich. Ich kann Ihnen nicht garantieren, daß es Ihnen was bringt. Aber nehmen Sie dieses, das ist ein 3C, ziemlich groß.«
Victor Klein zahlte, und der Verkäufer hielt ihm die Tür auf. »Ich wünsche Ihnen viel Erfolg.«
»Vielen Dank für Ihre Ratschläge und Ihre Hilfe. Ich bin Ihnen wirklich außerordentlich zu Dank verpflichtet. Ich glaube, Sie sind ein guter Mensch.«
Victor Klein streckte dem Verkäufer die Hand entgegen, der ihn befremdet ansah.
Er zog den Gürtel seines Regenmantels straff und schritt federnd durch die Kruisstraat in Richtung Grote Markt, wo er eine Tasse Kaffee trinken wollte. Bei jedem Schritt spürte er das Mundstück an seinen Oberschenkel schlagen. Er war unaussprechlich zufrieden.

Das Mundstück hatte er schon, jetzt noch eine Trompete.
Man würde noch von ihm hören.

Er ließ die Wanne vollaufen, schmierte unterdessen in der Küche zwei Butterbrote, schnitt ein Stück aus einer duftenden Melone und goß kochendes Wasser auf einen Beutel Pfefferminztee. So, das würde er zusammen mit einem Stapel Zeitungen neben die Wanne stellen, als Lohn für seine Mühe.
Er hatte den ganzen Tag friedlich und konzentriert an einem Artikel über den deutschen Komiker Karl Valentin gearbeitet, hatte Bücher über ihn gelesen und sich alte Fotos angesehen, einige sogar mit der Lupe, um möglichst tief in die Vergangenheit einzudringen. Die Kunstredaktion einer Provinzzeitung war mit der Bitte an ihn herangetreten, Leben und Werk dieses Originals in dreihundert Zeilen allgemein verständlich für die wöchentliche Kulturbeilage darzustellen, da in absehbarer Zeit einige von dessen Kurzfilmen im Fernsehen gezeigt würden. Ob die Überschrift »Karl Valentin, der deutsche Charlie Chaplin« den Inhalt decken würde, hatte der Kunstredakteur gefragt. Das sei seiner Ansicht nach nämlich ein richtiger Eye-catcher.
»Das auf jeden Fall«, hatte Victor Klein geantwortet, »vor allem, weil sie völlig falsch ist, du verwechselst die Sonne mit dem Mond. Warte doch erst mal den Artikel ab.«
»Na gut, mach was Schönes draus, alter Bursche, was Unterhaltsames, langsam geht's ja schon wieder auf die Feiertage zu.«

Trotz dieses Gesprächs hatte er sich über den Auftrag gefreut, er kannte die Filme von Valentin und hielt ihn für den einzigen amüsanten Deutschen, den es je gegeben hatte. Ein knochendürrer Mann mit hängenden Schultern und den Augen eines greisen Kindes, der in seinem eigenen dadaistischen Universum lebte. Als er am Rosenmontag des Jahres 1948 starb, hinterließ er Berge von Filmen, Texten, Gedichten und Schallplatten wie *Karl Valentin singt und lacht selbst dazu.*
Victor Klein stellte seine Leckerbissen und die Teekanne auf ein Tablett und ging ins Wohnzimmer, um den Klavierhocker zu holen. Warum hatte er bloß so ein Freude an der Vergangenheit, die für ihn mit der Periode begann, als die Fotografie Einzug hielt, der Ton aufgezeichnet wurde und die Kinematographie das Licht der Welt erblickte. War es nicht ein großes Wunder, daß noch eine Tonaufnahme von Johannes Brahms existierte, auf der der Komponist einige Worte sprach und ein paar Takte auf dem Klavier spielte?
Die Zukunft ließ ihn völlig unberührt. Am liebsten würde er sein ganzes Leben lang mit Menschen sprechen, die nicht mehr lebten, mit beliebigen Toten, die die zwanziger und die dreißiger Jahre sowie den Krieg miterlebt hatten, aber auch mit Gould, van Deyssel, Beets, Strindberg, Laurel und Hardy, Hitler, nein, Hitler eigentlich nicht, eher mit Höss, Al Bowlly, Otto Dix, Billie Holiday, Bomans, Hopper, Orwell, seinem Vater, ja, mit seinem Vater würde er gern noch mal sprechen. Um sich bei ihm zu entschuldigen, daß er gegen dessen Wunsch

begonnen hatte, Deutsch zu studieren. Mehr aus Protest gegen dessen ewige Kriegsgeschichten denn aus Leidenschaft. Immer die gleichen Geschichten im Wohnzimmer neben der Schmiede, wie die Deutschen mit Marschmusik in Haarlem einzogen, »ich sehe sie noch vor mir auf dem Houtplein, mit ihren Schweinsköpfen«, die wortreichen Erinnerungen an heldenhaftes Verhalten, an NSBler, die er nach dem Krieg mit seinen Freunden hatte auffliegen lassen. Und dieser absonderliche Gruß, den Victor jahrelang nicht verstanden hatte:

»*Worteltje boven,* mein Junge!«

»*Worteltje boven,* Papa.«

Sein Vater hatte monatelang nicht mehr mit ihm geredet, als er ihn von der Wahl seines Studienfachs in Kenntnis gesetzt hatte.

»Bist du verrückt, Deutsch? Von mir bekommst du jedenfalls nicht einen Cent. Ich habe im Krieg Kopf und Kragen riskiert, Freunde verloren, und mein Sohn studiert Deutsch!«

Seine Mutter hatte sich längst damit abgefunden, solange er nur etwas lernte und vorankam in der Welt. »Also, Herman, wenn dem Jungen die Sprache eben gefällt, deshalb geht er ja nicht gleich nach Deutschland. Außerdem ist nicht mehr Krieg.«

»Für mich schon«, hatte sein Vater gesagt und sein Gesicht hinter der Zeitung vergraben. Seine vom Eisen und Feuer gestählten Hände hatten vor Ärger gebebt, und Victor Klein hatte lächelnd daneben gesessen.

»Die Sprache gehört verboten«, hörte er seinen Vater sagen. »Kaffee, Frau!«

Das Zerwürfnis mit seinem Vater war nie mehr aus der Welt geschafft worden, beide waren zu stolz und dickschädelig gewesen, um sich auszusöhnen. Ein Autounfall in Nordfrankreich hatte seine Eltern schließlich aus dem Leben gerissen.
Jetzt war er fast so alt wie sein Vater damals, sein Vater, der bereits in einem Krieg gekämpft hatte. Wie konnte er genauso alt sein wie sein Vater, vielleicht sogar schon älter? War sein Vater etwa genauso unerwachsen gewesen wie er?
Ja, auch mit Karl Valentin würde er natürlich gern sprechen und mit Tucholsky und mit allen Trompetern, die die Welt bevölkert hatten, Harry James, Louis Armstrong, Clifford Brown, Lee Morgan.
Morgen mußte er unbedingt ein paar CDs kaufen. Vor allen Dingen aber brauchte er eine Trompete. Wer weiß, vielleicht hatte er ja Talent, wie der verständnisvolle Verkäufer in dem Musikgeschäft gemeint hatte.
»Ich geh jetzt in die Wanne, Booker, wenn du gestattest.«
Er nahm das blinkende Trompetenmundstück vom Schreibtisch und blies darauf, hoch und quäkend. »Hörst du das, Booker? Das will doch was heißen, meinst du nicht?«
»Bookerrr, Kaffee! Tempi passati, ahoi! Elisa! Elisa!«
»Ja, ja, ich höre dich, sag ruhig, was du denkst, du bist ein braver Vogel. Wenn ich aus der Wanne komme, darfst du mal frei herumfliegen. Und dann üben wir ein neues Wort: Trompete. Sag mal: Trompete.«
Booker hockte nachdenklich, mit schiefgelegtem Kopf, auf seiner Sitzstange, begann gellend zu

pfeifen und kletterte an dem verchromten Gitter hoch, um seinen grauen Bauch zu zeigen.
Victor Klein strich mit einem Finger über das weiche Gefieder und schaute durch die Jalousien hinaus auf die Stadt, die im fahlen Nachmittagslicht alle Farbe verloren zu haben schien. Vielleicht sollte er in den nächsten Tagen einmal den Friedhof in Haarlem-Nord besuchen, auf dem seine Eltern lagen. Wenn sie überhaupt noch da waren. Er hatte ihr Grab nur ein einziges Mal besucht, zusammen mit Elisa und den Kindern, die »Opa und Oma sehen wollten«. Zu viert hatten sie vor dem schmalen Grab gestanden, Elisa mit dem Arm um seine Schultern. Kim und Lauren hatten ihre zu Hause gemalten Bilder ans Fußende gelegt und mit weißen Kieselsteinen beschwert.
»Sterben sie nicht unter der Erde?« hatte Kim mit großen, ängstlichen Augen gefragt. »Nein, wenn du ab und zu an sie denkst, dann sterben sie nicht.«
Jetzt, wo er allein war, dachte er zum erstenmal seit ewigen Zeiten wieder an seine Eltern.
Er stellte den Klavierhocker mit dem Tablett und den Zeitungen neben die Badewanne und drehte den Hahn zu. Er zog sich aus und stieg durch die weiße Schaumschicht ins heiße Wasser. Wärme, die brauchte er, sie machte weniger einsam, schenkte Trost.
Er schaute auf seine Knie, die wie kahle Berge aus einer Wolkendecke ragten. Die Knie sahen entschieden nicht alt aus, eher jungenhaft sogar mit der blassen Narbe, die er von einem Fahrradsturz behalten hatte. Er schlug die Knie zusammen und

ließ den Schaum aufspritzen. Wie ging die Melodie gleich wieder von *The Unanswered Question?* Leise pfeifend suchte er in seiner Erinnerung, kam aber nicht darauf. Morgen gleich kaufen. Wenn er eine Trompete hatte, würde er dieses Stück als erstes einstudieren.
Er hörte den Wind saugend und seufzend durch die Wohnung ziehen. Er ließ sich bis zu den Lippen ins Wasser sinken und schloß die Augen.
Elisa stand vor ihm in dem schwarzen Leinenkleid, das sie an ihrem ersten Tag im Reisebüro getragen hatte. Sie lächelte ihn an und schüttelte langsam den blonden Kopf.
Ich wollte, ich wäre tot, Elisa.
Sie streckte die Arme nach ihm aus, doch er konnte sich nicht aus dem Wasser erheben.
Ich glaube, ich ertrinke.
Ihre meergrünen Augen starrten ihn an, ihre Lippen waren schmal geworden, drückten Verachtung aus.
Ich möchte wieder bei dir sein, Elisa.
Sie zog ihren Mantel an und schloß langsam, als existierte die Zeit nicht, mit kontrollierten Bewegungen die Knöpfe, einen nach dem anderen. Hinter ihr erschien ein Mann, dessen Gesicht er nicht erkannte. Der Mann packte sie an den Handgelenken und zog sie von ihm weg. Victor Klein schrie und schlug nach ihr. Mit einer heftigen Bewegung war er hochgeschossen, sah die Teekanne in Scherben auf den rotgeflammten Fliesen liegen, sein Brot, die durchweichten Zeitungen und das noch leicht schaukelnde Stück Melone. Er hatte Badeschaum im Mund und begann zu fluchen. Jedes-

mal, wenn er einen Moment der Ruhe gefunden zu haben glaubte, kam sie. Würde das sein Leben lang so bleiben?
Er spuckte aus und tupfte seine Zunge mit dem Handtuchzipfel ab. Manchmal glaubte er, der Einsamkeit gewachsen zu sein, zum Beispiel, wenn er arbeitete oder ein Buch las. Dann aber übermannte ihn Elisas Abwesenheit wieder mit voller Wucht und machte ihn ratlos. Wenn das Telefon ging, nahm er rasend schnell ab in der Hoffnung, daß sie es sei. Wenn er weg gewesen war, ließ er bei seiner Rückkehr das Band des Anrufbeantworters vor- und zurücklaufen, auch wenn das rote Lämpchen anzeigte, daß niemand angerufen hatte. Manchmal stand er lange in der dunklen Küche und beobachtete die Lichtkegel der Autos, die in die Straße gekrochen kamen, und machte sich mit dem Gedanken Mut, daß sie irgendwann kommen würde.
Vielleicht sollte er sie einfach mal anrufen, er wollte so gern ihre Stimme hören. Vielleicht dachte sie ja auch an ihn. Er könnte zum Beispiel sagen: Elisa, hier ist Victor, ich mache mir Sorgen um dich. Geht's dir gut? Er könnte versuchen, den eisigen, unversöhnlichen Ton zu unterlassen, der ihre bisherigen Gespräche kaputtgemacht hatte. Mit Wärme sprechen, als sei sie eine Freundin. Er könnte sagen, daß es Booker gutgehe, daß er ihren Namen noch immer voller Zuneigung ausspreche, viele Male am Tag. Und daß er selbst beschlossen habe, Trompete zu spielen, daß er bereits ein 3C-Mundstück besitze. Daß er jetzt einen Schnurrbart trage. Ja, graumeliert. Der Herbst habe sich bereits komplett in seinem

Körper eingenistet. Ob er sich allein fühle? Nun, er würde eher von einem gewissen Innehalten sprechen, als ob eine Zeit der Besinnung in seinem Leben angebrochen sei. Aber er habe viel zu tun. Ob es nicht merkwürdig sei, daß sie miteinander telefonierten, wo sie doch eigentlich so nah beieinander wohnten? Wenn er sich ins Auto setze, könne er in zehn Minuten bei ihr sein. O nein, er habe absolut nicht vor, das zu tun, darüber brauche sie sich keine Sorgen zu machen. Er habe es eher gesagt, um deutlich zu machen, daß die physische Entfernung zwischen ihnen in diesem Moment lediglich wenige Minuten betrage. Er vermute sogar, daß er mit einem Fernglas ihr Haus sehen könne. Ob sie die Gegend kenne, wo er wohne, das mittlere Hochhaus, siebenter Stock? Na ja, jetzt müsse er aber wieder an die Arbeit, außerdem sei im Badezimmer alles mögliche umgefallen, das müsse er aufräumen. Ach ja, was er noch fragen wolle: Ob sie inzwischen wieder in Begleitung sei? Neulich habe er mit jemandem gesprochen, wer war das bloß? na egal, und der habe gesagt: Ich habe vor kurzem deine Frau Arm in Arm mit einem anderen Mann in der Stadt gesehen. Sein Gewährsmann habe das mit großer Bestimmtheit behauptet. Nein, er wisse, daß ihn das nichts angehe. Richtig, sie wisse ja auch nicht, was er so alles anstelle. Er halte es auch nicht für wichtig, wirklich nicht, es sei ihm nur so in den Sinn gekommen. Es werde übrigens schon wieder so früh dunkel, nicht wahr? Also dann tschüs, mach's gut.

Victor Klein erhob sich aus dem abgestandenen Badewasser und zog seinen Morgenmantel an.

Früh dunkel, als ob ihm das auch nur das geringste ausmachen würde. Und wenn es für alle Zeiten dunkel bliebe. Welcher Tag war heute eigentlich? Donnerstag oder Freitag?
Er legte die Scherben, das Brot und die Melone auf die teegetränkten Zeitungen und las, daß es Sonnabend war. Er sank auf den Klavierhocker und zischte durch die Zähne. Wie ihm die Zeit davonglitt, unbemerkt. Das kam davon, wenn man so im Dämmerlicht lebte, wenn die Zeit nicht mehr durch Ereignisse markiert wurde, das Dasein auf Sparflamme brannte. Neben ihm schlürfte der Abfluß das letzte Badewasser auf. Jaja, Hautschuppen und Haare hatten sich bereits auf ihre große Reise gemacht.
Er stand auf, stopfte die nassen Zeitungen in einen Müllsack, ging durch die Wohnung, schloß die Türen und Oberlichter und öffnete Bookers Käfig.
»Wußtest du, daß heute Samstag ist, Booker? Oder kümmerst du dich nicht um die Zeit? Na komm schon, du darfst raus. Flieg los. Ich muß mal schauen, ob ich nicht eine Fliegerkappe aus Leder für dich machen kann oder eine Pilotenbrille, wie wär's damit? Na los! Die kleine Freiheit wartet.«
Victor Klein setzte sich neben den Mauser-Tisch und zündete eine halbgerauchte Pfeife an. Ihm war kalt, er fühlte sich hungrig und verloren. Vielleicht sollte er sich rasch anziehen und im »Kroket van Ed« im Einkaufszentrum etwas Warmes zu essen holen, eine Tüte fritierte Gemütlichkeit zur Feier des Wochenendes. Der Gedanke, sich der armseligen Gruppe Wartender mit ihren flegelhaften

Zukunftsgesichtern anschließen zu müssen, hielt ihn jedoch davon ab.
Booker trat auf den Schreibtisch, untersuchte den Aschenbecher, das Mundstück und flog auf den Bücherschrank. Dort ließ er sich nieder und begann triumphierend zu pfeifen.
Victor Klein winkte seinem Freund. Er tickte mit dem Pfeifenstiel aufs Telefon.
Sie anrufen, welch erbärmliche Anwandlung. Was wäre das für ein charakterloser Kniefall! Als ob er in Not wäre. Außerdem spielte sie natürlich gerade auf irgendeiner Giftmüllkippe Golf oder zog sich in diesem Moment um für ein kleines Diner, mit dunklem Wein und Kerzenlicht.
Er sah zu Booker, der wie ein alter Mann mit auf den Rücken gelegten Händen auf dem Bücherschrank hin und her spazierte.
Genaugenommen ging es ihm nicht besser als seinem Vogel, auch er war eingesperrt und einsam.
»Hast du eigentlich Kinder, Booker?«
Der Vogel flog zum Schreibtisch zurück, ordnete seine Flügel und entleerte sich.
»Victorrr . . . lieber Kerl, Bookerrr, ja, ahoi!«
Es klingelte.
Victor Klein schrak auf, blickte auf seine Uhr, halb sieben. Er lockte Booker in den Käfig und ging zur Wohnungstür. Durch das Guckloch sah er ein Paar mittleren Alters auf dem verlassenen Flur. Doch hoffentlich keine »Träger des Lichts«? Er sah keine Aktentaschen. Zögernd schloß er die Tür auf.
»Tag, wir sind die Familie Scheffer«, sagte die Frau, »stören wir? Sie sind doch nicht krank?«

Victor Klein fuhr sich mit Daumen und Zeigefinger über den Schnurrbart. »Nicht im Endstadium. Sie wollen mir doch wohl nicht die frohe Botschaft überbringen? Dann hätte ich nämlich auch eine für Sie.«

»Wir wohnen hier nebenan, das ist mein Mann Nico, und ich heiße Annelies. Wir haben uns ja immer noch nicht kennengelernt, und Nico hat gesagt: Wir müssen doch mal bei unserem neuen Nachbarn vorbeischauen. Sonst lebt man so nebeneinanderher in so'nem Hochhaus. Gefällt es Ihnen ein bißchen? Eine himmlische Ruhe, nicht wahr?«

Victor Klein nickte.

»Nur schade, daß die Leute gegenüber so 'nen Kläffer haben. Stört Sie das nicht? Ganz schrecklich wird's, wenn die Leute weg sind. Dann bellt er so schlimm, daß wir manchmal schon die Polizei angerufen haben. Das ist doch asozial.«

Victor Klein spürte, wie es ihm kalt die Beine hinaufzog. Drinnen schrie Booker seinen Namen, gefolgt von einem Pfeifsignal.

»O, haben Sie Besuch?« sagte die Frau und trat einen Schritt zurück. »Das wußten wir nicht.«

Er sah ihrem Blick an, daß sie plötzlich einen Zusammenhang herstellte zwischen dem Bademantel und der Stimme aus dem Wohnzimmer.

»Ja, meine alte Mutter ist da. Ich war gerade dabei, einen Kuchen für sie zu backen, also, wenn Sie's mir nicht übelnehmen . . .«

»Nein, natürlich nicht. Kommen Sie doch mal auf 'ne Tasse Kaffee zu uns. Wir sind abends meist zu Hause, nicht wahr, Nico?«

»Wer weiß«, sagte Victor Klein, er wollte die Tür schließen. »Apropos, mögen Sie Trompetenmusik?«
Die Frau sah ihn verständnislos an und tastete, Unterstützung suchend, nach ihrem Ehemann.
»Wie meinen Sie das?«
»Genauso wie ich es gesagt habe, Mevrouw.«
»Mijnheer meint, ob wir Musik mögen, Liesje.«
Die Miene der Frau hellte sich auf. »Ach, Musik, aber ja. Schöne Lieder, Klavier, aber klar doch, nicht wahr, Nico?«
»Das trifft sich ja ausgezeichnet«, sagte Victor Klein, »aber jetzt muß ich zu Mutter, sie wird sonst ungeduldig. Auf Wiedersehen, Mevrouw, Mijnheer.« Er schloß die Tür.
»Da waren ganz liebe Leute an der Tür, Booker, die dachten, du bist meine Mutter. Was sagst du dazu? Und sie rufen bei der Polizei an, wenn ein Hund bellt. Vigilat ut quiescant, ist das nicht beruhigend? Unsere Nachbarn von nebenan sind Denunzianten mit ›Willkommen‹ auf der Türmatte. Reizend, nicht?«
»Ahoi! Tempi passati, Schätzchen!«
»Trompete, sag Trompete, na mach schon.«
»Mach schon! Victor! Lieber Kerl.«
»Trompete habe ich gesagt, Booker, sonst nichts. Bist du taub?« Booker knurrte und wandte sich ab. »Das wär's dann für heute abend, du Unsympath.«
Victor Klein ging in die Küche und nahm ein paar Würstchen und eine Dose Mineralwasser aus dem Kühlschrank. Im Schlafzimmer schaltete er den Fernseher ein und legte sich aufs Bett. Heute nacht

würde er den Artikel über Karl Valentin zu Ende schreiben und abschicken.
Er kaute auf den Würstchen herum, zappte sprechende Köpfe weg und landete in einem Saal mit frenetisch brüllenden Leuten. Vor einer bunten Kulisse stand eine ältere Frau mit verbundenen Augen und quetschte die um sie herumdümpelnden Luftballons kaputt. Der Saal tobte, trampelte, skandierte den Namen der Frau: Elly! Elly! Die Frau tastete verzweifelt um sich, wankte und fiel um ein Haar um. Der Showmaster trieb sie an: noch sechzehn Sekunden, noch fünfzehn, vierzehn, nicht schlappmachen! Der Saal johlte, die Frau schlug und trat um sich. Auf ihrem unverkennbar selbstgenähten Trägerkleid war ein Zettel mit ihrem Namen befestigt, wie bei einem Kind, das alleine verreist.
Ach, du Ärmste, dachte Victor Klein, wie schrecklich. Diese Frau, die keinerlei Chance hatte, war möglicherweise Mutter. Warum macht eine Mutter so etwas? Für eine dreitägige Traumreise ins Sauerland, für eine schnurlose Bohrmaschine? Mevrouw, wenn Sie sich einen Rest an Würde erhalten wollen, dann quetschen Sie in der letzten Sekunde der Ihnen zugestandenen Zeit die gelackte Birne des Showmasters zu Mus. Ich ersetze Ihnen liebend gern die Reinigungskosten für die Blutflecken auf Ihrem Trägerkleid.
»Was für ein Jammer«, schrie der Showmaster, »um ein Haar hättest du's geschafft, Elly, nur noch *einen* Ballon, und du hättest gewonnen. Wie ist das bloß möglich, es lief doch so super, nicht wahr, meine Damen und Herren?« Der Saal tobte.

Mevrouw, die Sie zweifellos Leben hervorgebracht haben, legen Sie Ihre Mutterhände an den Kopf des Showmasters und drücken Sie zu, bis er platzt. Vielleicht ist die Jury Ihnen gnädig, und Sie bekommen doch noch ein schönes Geschenk. Die Frau sah ihn in einer Großaufnahme an, fuhr sich verlegen in die Dauerkrause und versuchte zu lächeln. »Is nich schlimm«, sagte sie leise mit südlichem Tonfall. Sie wurde abgeführt.

Victor Klein sah ihren enttäuschten runden Rükken, den unter dem Trägerkleid hervorschauenden Unterrock. Ihm kamen Tränen. Er machte den Fernseher aus und trank von dem Mineralwasser.

Seit er allein lebte, waren seine Gefühle durcheinandergeraten. Rührung kannte er natürlich, wie zum Beispiel beim Anblick neugeborener Tiere und junger Pflanzen. Oder wenn er alte Leute sah, die Hand in Hand die Straße entlanggingen, oder bei Männern in Italien und Spanien, die Arm in Arm dahinschlenderten und heftig aufeinander einredeten. Das waren Wahrnehmungen, die ans Gemüt gingen. Jetzt aber geriet er bereits aus der Fassung, wenn er sich bestimmte Fernsehsendungen anschaute.

Seine Tränen erfüllten ihn mit Abscheu, er mußte etwas gegen diese Verweichlichung tun. Erst vor kurzem hatte er angesichts eines Brautpaars weinen müssen, das, nachdem es einen großen Geldpreis gewonnen hatte, umrahmt von Brautjungfern, weißen Tauben und Wagners *Treulich geführt ziehet dahin* vor laufenden Kameras die Ehe schloß. Er gähnte und drehte sich auf die Seite, blätterte

lustlos in einem Anzeigenblatt und setzte sich plötzlich auf. Stimmen, er mußte Stimmen hören oder Musik, sonst würde sie sich wieder der Stille bemächtigen, flüsternd, als wäre sie unsichtbar zugegen. Spräche seinen Namen aus wie in einem Atemhauch, anfänglich lieb, dann quälend und harsch. Manchmal hörte er sie über seine Einstellung zum Leben sprechen, sein inakzeptables Benehmen. Daß er sich nie wirklich um die Kinder gekümmert habe, sie lediglich gezeugt habe. Daß er ständig mit sich selbst beschäftigt sei, um Zuwendung bettele. Daß er andere Leute oft wie Dreck behandele, sich weit über sie erhaben wähne. Daß er sie in seiner Dickfelligkeit nie ernst genommen und zum schmerzhaften Beweis dessen betrogen habe. Daß man mit einem Mann nicht leben könne, der verkehrt herum in der Zeit lebe. Daß sie, wenn es Kim und Lauren nicht gegeben hätte, schon viel früher einen Schlußstrich gezogen hätte. Victor, Victor, hörst du mich? Ihre Stimme wurde vom Wind mitgenommen, drang durch die Fensterritzen, raunte hinter der Wohnungstür, heulte im Liftschacht, und obgleich er sich die Hände auf die Ohren legte, redete sie weiter mit ihm, bis er sie niederschrie.
Er sprang auf und ging mit der Zeitung in der Hand ins Wohnzimmer, wo er eine CD von Jack Hylton auflegte. Die glühenden Saxophontöne und die vornehme alte Stimme beruhigten ihn.
Er könnte natürlich Kim und Lauren mal anrufen. Aber warum sollte er seine Kinder am Samstagabend belästigen, wahrscheinlich waren sie ohnehin nicht zu Hause. Außerdem könnten sie denken,

er ertrage die Einsamkeit nicht. Nein, auch vor seinen Töchtern mußte seine Schwäche verborgen bleiben. Sie durften nicht abfällig über ihn denken, sie wollte er auf gar keinen Fall verlieren.

Er saß mit dem Rücken an der Heizung und las die Seite mit den »Lichtblicken«, den Kleinanzeigen. Er sah vor allem die Annoncen ganz genau durch, die in der Rubrik »Angebote« standen. Die waren oft amüsant, vor allem, weil alles immer so gut wie neu war oder sich zumindest im Topzustand befand.
»Victor!«
»Nein, jetzt nicht, Booker, ich lese gerade, mit Verlaub. Zähl doch Schäfchen.«
Sah er das Wort Trompete?
Das konnte nicht sein, wahrscheinlich stand da Trommel. Nein, Trompete, da stand es. Einen Moment lang schloß er die Augen und schüttelte den Kopf.
»Booker, da steht eine Trompete in der Zeitung, hörst du, eine Trompete! Die Zeitung, in die ich deine Exkremente tun wollte.«
Er stand auf und zeigte seinem Freund die Anzeige.
»Hier, siehst du? Zu verkaufen: Eicheneßecke, Sonnenschirm, Dru Außenwandgasheizung, Herrenfahrrad, Trompete, Doppelbett. Tel. 714899. Was meinst du, kann ich jetzt noch anrufen? Was machst du für ein eingeschnapptes Gesicht? Booker, stell dir vor, wir haben hier demnächst eine Trompete!«
Booker tat den Schnabel auf, als wolle er etwas sagen, beschränkte sich jedoch auf die Nachahmung eines Windstoßes.

Victor Klein legte die Zeitung auf den Schreibtisch und bebte vor Freude. Wie ihm der Zufall zu Hilfe kam, gerade an diesem verkorksten Abend, der lediglich noch größere Verzweiflung verheißen hatte.
Er spähte durch die Jalousien. Da draußen, irgendwo in der dunklen Stadt, wartete eine Trompete auf seine Lippen. *My Funny Valentine*, das wäre ein schönes Stück zum Einstudieren, oder *Cry Me a River*. Wenn das Instrument bloß in Ordnung war. Wenn es bloß nicht schon verkauft war.
Er sah auf die Uhr, es war neun. »Booker, ich rufe da an. Haben wir überhaupt genug Geld im Haus?«
Er zählte hundertsechzig Gulden in seiner Brieftasche. Er fluchte vor Enttäuschung. Siehst du, die Götter erheben dich einzig und allein, um dich wieder zu Boden zu werfen. Nein, er hatte noch tausend Gulden in den »Scheldkritieken« von Lodewijk van Deyssel versteckt, für Notfälle. Er atmete erleichtert auf, drehte die Musik leiser und wählte die Telefonnummer. Der Summton erklang beängstigend oft, und er wollte schon auflegen.
»Hallo, hier siebeneinsvierachtneunneun«, sagte eine müde klingende Altfrauenstimme.
»Victor Klein. Mevrouw, ich habe Sie doch hoffentlich nicht aus dem Bett geklingelt?«
»O nein, da sterben die meisten Menschen. Was kann ich für Sie tun?«
»Ich würde gern Ihre Trompete kaufen.«
»Trompete!« schrie Booker plötzlich. Er sah hochmütig umher.
Victor Klein hob überrascht den Kopf. Er strahlte und salutierte mit der freien Hand vor seinem Vo-

gel. Soviel Glück auf einmal, das mußte doch etwas zu bedeuten haben.
»Dann müssen Sie vorbeikommen«, sagte die alte Stimme an seinem Ohr. »Hallo ... sind Sie noch dran oder was ist los?«

Er lenkte sein Auto summend durch den Herbstabend in den nördlichen Teil der Stadt. Er kam nicht oft dorthin, er hatte da nichts zu suchen. Jenseits des Bahnhofs hörte Haarlem für ihn auf, schien die Stadt an Glanz und Geschichte zu verlieren. Haarlem, das war für ihn die Innenstadt, das Vijfhoek, wo er aufgewachsen war, und der Haarlemmerhout, von dem er als Kind geglaubt hatte, es gebe auf der ganzen Welt keinen größeren und geheimnisvolleren Wald. Haarlem, das war der Weg zum Meer.
Er fuhr an der verlassenen Rückseite des Bahnhofs vorbei und dann am ehemaligen Frans-Hals-Kino, das jetzt eine Kirche war. Eine Illusion hatte der anderen Platz gemacht. Im Rückspiegel warf er noch einen Blick auf das tote Kino. Dort hatte Elisa während der Vorführung von »Vertigo« seine Hand gesucht, hatte er sie zum erstenmal umarmt und ihren Mädchenhals gerochen, während James Stewart und Kim Novak auf sie herabschauten. Der Gedanke an Elisa verwirrte ihn nicht, heute abend empfand er keinen Schmerz, schließlich befand er sich auf dem Weg zu seiner Trompete.
Auf dem Rijksstraatweg kurbelte er das Seitenfenster herunter und hob grüßend die Hand, als er am Friedhof vorbeifuhr, auf dem seine Eltern lagen.

»Euer Sohn schaut bald mal vorbei«, rief er in den schwarzen Wind.
Er sah sich neben seinem Vater den endlosen Rijksstraatweg entlangradeln.
»Ich bin müde, Papa.« Die harte Hand in seinem Nacken, die ihn vorwärts schob.
»Schau mal, Victor, hier hatten die Moffen eine Betonmauer hochgezogen, da wurde man kontrolliert. Und hier in der Nähe haben sie damals Hannie Schaft, die große Widerstandskämpferin, gefaßt, und in den Dünen ermordet, als der Krieg schon fast vorbei war.«
Sein Vater, der die Schultern zusammennahm und starr geradeaus blickte.
Worteltje boven, Papa.
An der Jan Gijzenkade bog er ab und kam in eine ruhige Straße. Nummer 52, zweiter Stock.
»M. Belling« stand auf dem emaillierten Namensschild.
»Na, Sie lassen ja wirklich nichts anbrennen, meine Güte«, sagte die alte Frau, nachdem sie die Tür wieder sorgfältig verriegelt hatte. »Ich dachte schon: der muß heute abend bestimmt noch die Nationalhymne spielen. Mein Gott, bringen Sie eine Kälte mit.« Sie fröstelte und zog ihre dunkelblaue Strickjacke fester um sich.
»Gehen Sie schon mal rein, es sieht zwar aus wie bei Hempels unterm Sofa, aber ich ziehe demnächst ins Altersheim. Ja, Mann, der letzte Umzug. Ich hol mal die Trompete, sie steht im Schlafzimmer.«
Sie schlurfte in flauschigen blutroten Pantoffeln den Flur entlang. Victor Klein betrat das stickig-

heiße Wohnzimmer, an den beschlagenen Fensterscheiben liefen Tropfen hinunter. Die Möbel waren in einer Ecke zusammengeschoben, der Teppich zusammengerollt, die Bilder abgehängt. Am Ofen stand ein Trockenständer mit fleischfarbener Unterwäsche – einem Hemd und zwei knielangen Schlüpfern.

Er machte den Reißverschluß seiner Jacke auf und beugte sich über die Fotos, die auf dem Büfett lagen. Ein Spitz mit pechschwarzen Augen, ein fröhlich lachendes Paar auf dem Trittbrett eines Vorkriegsautos, im Hintergrund Berge und das Bild eines mild dreinschauenden älteren Mannes im Rollkragenpullover.

»Ja, das ist mein Max, kurz bevor er krank wurde«, sagte die alte Frau, die mit einem kleinen schwarzen Koffer in der Hand neben ihm aufgetaucht war. »Schade, nicht? Er war so ein gutaussehender Mann und immer so fröhlich. Ein Jammer, nicht?«

Sie reichte Victor den Koffer.

»Das ist Maxens Instrument, darauf hat er jahrelang gespielt, aber ich kann es doch schlecht ins Altersheim mitnehmen. Es tut mir in der Seele weh, aber wenn Sie was damit anfangen können, dann ist es doch auch wieder gut.«

Victor Klein setzte sich und ließ den Koffer behutsam aufschnappen.

»Übrigens, es ist eine alte. Max hat sie bei Kriegsende einem Deutschen in Berlin abgekauft oder eingetauscht, da will ich mich nicht festlegen. Der Mann hatte ein Theater, das bombardiert worden war. So alt ist sie also schon.«

Wie auf einen Schatz, so starrte er auf das mattglänzende Messing, das in fahlem, nachtblauem Samt gebettet lag. Er sah zwei Mundstücke und zwei Dämpfer, einen aus Holz und einen metallenen. Ehrfürchtig hob er die Trompete aus dem Koffer, erinnerte sich, wie er das Instrument halten mußte, wog es in der Hand.

»Du mußt sie vielleicht mal nachsehen lassen, aber viel kann nicht dran sein, Max hat sie immer gut in Schuß gehalten. Schau nur, wie schön er den Koffer gemacht hat, mit seinen Initialen M. B., siehst du?«

Er nickte, drückte die schwergängigen Ventile nieder.

Diese Trompete mußte er haben. Er studierte die hauchfeinen Art-déco-Gravuren auf dem Schalltrichter, las den Namen: C. G. Conn Ltd. USA Elkhart-Ind.

Sie fühlte sich so vertraut an, als wäre sie schon immer bei ihm gewesen. Er sah in den Trichter, roch daran. Ob innendrin, unerreichbar tief, noch Luft von dem toten Trompeter war, womöglich noch Melodien aus Berlin?

»Wie ein Musiker kommst du mir eigentlich nicht vor«, sagte die alte Frau. Sie zog ein Taschentuch aus dem Ärmel ihrer Strickjacke und betupfte sich die Augen.

»Ich will es erst lernen, Mevrouw. Das habe ich eines Abends beschlossen. Ich bin allein und habe viel Zeit. Ich weiß, es ist spät, aber ich will es probieren.«

»Max hat immer gesagt: Solange Puste da ist, besteht noch Hoffnung.«

Er lächelte, legte die Trompete zurück in den Koffer.
»Ich glaube, ich tue es auch, um meine Frau zu vergessen«, sagte er plötzlich, »sie konnte mich nicht mehr ertragen, wir leben jetzt getrennt.« Er hüstelte und hielt den Blick auf den kahlen Fußboden gerichtet. »Wahrscheinlich habe ich es nicht anders verdient, habe sie jahrelang vernachlässigt, in der irrigen Annahme, sie könne nicht ohne mich leben. Jetzt zeigt sich, daß ich nicht ohne sie leben kann.« Er schloß den Kofferdeckel mit den Buchstaben M.B. und sah in das gutmütige Gesicht der alten Frau, die ihm tröstend zuzwinkerte. »Jaja, nichts ist selbstverständlich, auch wenn es manchmal so scheint. Das merkt man oft erst zu spät. Versuch noch was aus deinem Leben zu machen. Ehe du weißt, wie dir geschieht, bist du so alt wie ich, und dann ist es vorbei. Gib mir dreihundert Gulden für die Trompete, damit wird Max wohl einverstanden sein.«
An der Tür fragte Victor Klein: »Was hat Ihr Mann eigentlich in Berlin gemacht?«
»Arbeitseinsatz, gezwungenermaßen, was dachtest du? Aber er hat da auch noch gespielt, frag mich nicht, wo oder für wen.«
»Damals gab's ›Kraft durch Freude‹, hat Ihr Mann vielleicht da gearbeitet?«
»Weiß der Himmel, ich weiß es jedenfalls nicht mehr, guter Mann. Wenn er nur spielen konnte, das war das einzige, was für Max zählte. Mal arbeitete er in einem Zirkusorchester, mal war er bei ›Heck‹ in Amsterdam engagiert, wo er übrigens

auch Geige spielte und ab und zu sogar sang. Ein paarmal fuhr er auch mit der Holland-Amerika-Linie und spielte in einer kleinen Tanzkapelle. Bis kurz bevor er krank wurde, hat er noch mit ein paar Kumpeln von früher in Altersheimen gespielt. Wenn er nur Musik machen konnte.«
»Wissen Sie zufällig noch, wie der Mann hieß, dem er die Trompete in Berlin abgekauft hat?«
»Schlag mich tot, das ist ein ganzes Menschenleben her. Warum willst du das denn wissen?«
»Von der Vergangenheit kann man gar nicht genug wissen, finde ich. Außerdem muß ich doch die Geschichte meiner Trompete kennen.«
Die alte Frau schloß die Tür auf und klopfte ihm auf den Rücken. »Jetzt lern erst mal spielen. Ich werde darüber nachdenken. Irgendwo gibt es noch ein Tagebuch von Max aus dieser Zeit. Da steht es drin, glaube ich. Ich werd mal nachschauen. Ruf mich in den nächsten Tagen mal an.«
»Ich bin Ihnen dankbar, Mevrouw Belling, und verzeihen Sie meine Herzensergüsse. Mir geht es ausgezeichnet, ich habe zwei erwachsene Töchter, einen Papagei und jetzt auch noch eine Trompete. Was könnte sich ein Mann sonst noch wünschen?«
»Jetzt geh schon, mir wird kalt.«
Er gab der alten Frau einen Handkuß und lief eilig die Treppe hinunter.
»Paß gut auf Maxens Trompete auf! Sie war sein Leben«, rief sie ihm nach.
Victor Klein drehte sich um und drückte den Koffer an die Brust. Sie nickte leicht und schlurfte in ihre Wohnung zurück.

Er fuhr wieder in die Stadt, eine Hand auf dem Koffer, als wären es die Knie einer Geliebten. In diesem Koffer steckten *The Unanswered Question* und Tausende anderer Melodien. Er warf einen Blick auf die Uhr, Mitternacht im Zweiten Weltkrieg. Vielleicht war seine Uhr ja mal über seine Trompete hinweggeflogen.

Er tastete mit der Zunge über seine Schneidezähne. Hunger, er verspürte einen unbändigen Hunger.

Er parkte am Grote Markt und spazierte mit dem Trompetenkoffer in der Hand in eine hellerleuchtete Snackbar in der Smedestraat. Er bestellte zwei Kroketten, setzte sich und legte den Koffer vor sich auf den Tisch.

Er würde ganz für sich alleine spielen, für niemanden sonst, ohne Ziel und ohne Zukunft. Bestimmt nicht in einer Band, er verabscheute die Unbeholfenheit von Amateuren und wäre selbst zweifellos der schlechteste. Welche Kühnheit zu glauben, er würde es noch lernen. In seinem Alter fing für die meisten Trompeter der allmähliche Abstieg an. Aber gut, solange Puste da ist, besteht noch Hoffnung, diese Botschaft hatte Max Belling ihm hinterlassen.

Am Montag mußte er sich erst mal um einen Lehrer kümmern. Er suchte in seiner Brieftasche nach dem Zettel, den ihm der Verkäufer in dem Musikgeschäft gegeben hatte. Lag wahrscheinlich zu Hause.

Gierig aß er seine Kroketten und sah sich zufrieden um. Er war der einzige Gast, aber das kümmerte ihn nicht. Wenn Elisa wüßte.

Er zwinkerte der jungen Frau zu, die das kochende Fett zu bewachen schien.
»Kompliment für Ihre fabelhafte Kochkunst.«
Sie sah ihn gelangweilt an und biß weiter an ihrer Nagelhaut herum.
Was für ein Tag, was für ein Schwung war plötzlich in sein Leben gekommen. Er strich nachdenklich mit dem Finger über die Initialen auf dem schwarzlackierten Koffer und wurde sich bewußt, daß er die Trompete noch nicht an die Lippen gesetzt hatte.
Schnell zahlte er und lief zu einer dunklen Ecke an der Grote Kerk. Dort schob er ein Mundstück auf seine Trompete und holte tief Luft. Wie ein Angstschrei durchschnitt sein erster Ton die nächtliche Stille.
Victor Klein bekam einen Lachanfall und rannte mit Freudensprüngen zu seinem Auto.
Er hatte gespielt.

Stardust

Frost lag auf der Stadt.

Victor Klein lehnte mit den Ellbogen auf dem Balkongeländer und blickte auf die erstarrte Außenwelt, auf die schwarzen Äste der Bäume, auf das glasige Eis des Teichs, auf dem ein paar Enten dicht zusammengerückt vor sich hin dösten. Im kalten, klaren Licht des späten Vormittags sah er den Flughafen glitzern. Hinter den mit Reif überzogenen Fußballplätzen ragten die grauen Umrisse noch unfertiger Neubauviertel in die Höhe, in der Mitte reglose Kräne. Der Fortschritt, der unaufhaltsame Fortschritt ließ die Stadt nach allen Seiten wachsen, er konnte sich noch glücklich preisen, daß er an der Grenze wohnte und Haarlem überblicken konnte.

Er pfiff eine Melodie durch die Zähne und starrte mit zusammengekniffenen Augen in die Richtung, in der Heemstede liegen mußte. Die Trauerbirke, wie mochte es seinem Baum wohl gehen? Ob er noch gelegentlich einen aufmunternden Klaps auf die silberne Rinde bekam?

Er vermißte den Garten, die Augenblicke der Zufriedenheit, wenn er gestutzt und gedüngt hatte und dann vor seinem Gartenhaus saß und eine Pfeife rauchte. Jeder Krümel Erde, jede Pflanze war im Laufe der Jahre durch seine Hände gegangen, von Unkraut befreit, vor dem Ersticken bewahrt worden.

Warum schlug er Elisa nicht vor, seine Gartenarbeit einfach fortzusetzen? Natürlich einzig und allein im Interesse der Pflanzen. Keine Annäherung, Gott bewahre. Er könnte kommen, wenn sie nicht zu Hause war, sie bräuchten sich gar nicht zu sehen. Eine Thermoskanne Kaffee und ein paar Brote würde er selbst mitbringen. Und wenn sie zu Hause wäre, wegen Krankheit zum Beispiel, könnte sie die Vorhänge zugezogen lassen. Er war nur der Gärtner, einer, der von seiner Veranlagung her eine unvergleichliche Beziehung zu Rose und Königsfarn hatte.

Aber vielleicht würde sie ihn eines Tages rufen. Gärtner Klein, es gießt ja, kommen Sie doch ins Trockene. Armer Mann, Sie sind ja völlig durchnäßt. Setzen Sie sich doch einen Augenblick an den offenen Kamin. Sie arbeiten so schwer. Hier, legen Sie sich mal diese warme Decke um die nassen Schultern. Oder, noch besser, diesen alten Mantel, der hat einem Mann namens Victor gehört. Sie können ihn haben. Dieser Victor ist weg, ich konnte den Mann nicht behalten, der taumelte immer weiter zurück in der Zeit. Er wohnt jetzt in der Vergangenheit. Ach herrje, Ihre Hände, die bluten ja! Trinken Sie viel heißen Tee, das wird Ihnen guttun. Gefallen Ihnen diese Wanderschuhe? Die können Sie auch haben. Sie haben Victor gehört. Sehen Sie, wie sorgfältig sie geputzt sind? Ja, das kann ich nicht anders sagen, an seinen Schuhen gab's nichts auszusetzen. Er putzte sogar den Teil zwischen Absatz und Sohle, stellen Sie sich vor. Sie haben übrigens sehr hübsche Augen und, wenn ich mich nicht täusche, auch prächtige Zähne. Mit Ihnen könnte ich leben, denke ich. Warum ziehen Sie hier nicht ein? Ich bin ja allein. Ich schenke Ihnen den Garten, und oben steht

Ihnen ein leeres Arbeitszimmer zur Verfügung, da können Sie alle Ihre Geräte aufbewahren, Ihre Rechen und Spaten. Ich habe auch nichts dagegen, wenn Sie da tropische Pflanzen züchten. Denken Sie mal darüber nach. Ich bin noch nicht ganz alt, und Sie, meine ich, auch nicht. Kinder habe ich schon gehabt. Sie sind Frauen, wie ich auch eine war, geschmeidig und immer guter Dinge. Kommen Sie doch zu mir. Victor ist weg, mit dem war kein Auskommen mehr. Meine Töchter haben mir erzählt, daß er ein Verhältnis mit einer Trompete hat, daß er sie auf dem Schoß hält und das Metall streichelt. Ist so jemand noch zu retten, was meinen Sie? Lebt mit einer Trompete, die älter ist als ich, und darauf ist er dann noch stolz. Kommen Sie, geben Sie mir mal Ihre Hand, ich bin allein, genau wie Sie. Darf ich offen mit Ihnen sprechen? Ja? Wissen Sie, was Victor eines Abends zu mir gesagt hat, als ich mich auszog? Er sagte: Frau, ich finde, daß du einen ausgesprochen häßlichen Hintern kriegst. Das hat er gesagt. Er sah mich an, während er dalag, die Arme hinter dem Kopf verschränkt. Nicht häßlichen Hintern, sondern ausgesprochen häßlichen Hintern. So war er. Können Sie sich vorstellen, was das für eine älter werdende Frau bedeutet? Warum weinen Sie denn jetzt, Gärtner Klein? Habe ich was Falsches gesagt? Halten Sie mich fest, legen Sie Ihren Kopf ruhig an meine Brust. Ruhig, Gärtner Klein, ganz ruhig. Tempi passati.
Am Teich tauchten drei Jungen auf, die mit Stöcken aufs Eis schlugen und mit Steinen Löcher hineinzuwerfen versuchten. Doch die Steine prallten ab,

rutschten weg und versetzten die Enten in Aufruhr.
Victor Klein atmete tief ein. Er fühlte die kalte Luft an seinen Zähnen vorbeistreichen und prickelnd in seine Lungen dringen. Er mußte tief durchatmen, Volumen entwickeln. Die Heftigkeit, mit der er das tat, machte ihn schwindlig, und er hielt sich am Geländer fest. Er betastete seinen Mund. Was bedeuteten diese stechenden Schmerzen an den oberen Zähnen? War es der Frost, der sich auf den Schmelz legte, oder hatte er das Instrument wieder zu fest an die Lippen gepreßt?
Vorläufig sollte er lieber nicht mehr versuchen, das hohe C zu schaffen. Das einzige, was er im übrigen produzierte, war ein wilder Luftstrom, in dem erstickte Töne jaulten. Diese Note, schwebend wie ein Stern über der Notenlinie, war ein Zähnebrecher. Außerdem hatte er das Gefühl, daß er sich die Augen aus den Höhlen blies.
»Ist das denn richtig so, Toon?« hatte er seinen Lehrer gefragt. Toon Verhulst hatte ihn amüsiert angesehen. »Dachtest du denn, nach den paar Stunden packst du schon das hohe C? Manche Leute spielen dreißig Jahre lang im Fanfarenzug und schaffen nicht mal ein A. Ich möchte nicht, daß du es überhaupt versuchst. Blas erst mal ein sauberes G.«
Victor Klein hatte sich geschämt und war rot geworden. Lippen aus Eisen brauchte er, Lippen wie Erskine Hawkins, der Gabriel des zwanzigsten Jahrhunderts, der einmal auf der Bühne des Harlem Opera House hundertmal hintereinander das hohe

C geblasen hatte, während das Orchester mitzählte und ihn anfeuerte.
Victor Klein sog die Oberlippe ein.
Wie bekam er Lippen aus Eisen?
Er starrte zu den Jungen am Teich, die lärmend mit einem Bein auf dem Eis herumhackten.
Übrigens, lieber keine Augen mehr als auch nur das Geringste an den Zähnen. Er war ohnehin schon fast fünfzig, und was er von der Welt gesehen hatte, war wenig erhebend gewesen. Na ja, die Geburt von Lauren und Kim, Elisas erschöpftes Lächeln, das waren Bilder, die er immer mit sich tragen würde. Aber um sie sehen zu können, dafür brauchte er seine Augen nicht, dafür mußte er sie im Gegenteil schließen. Er lauschte der gehörnten Stimme in seinem Kopf: Was willst du, Bursche, dein Augenlicht oder noch ein paar Jahre lang ergreifend schön Trompete spielen? Victor Klein preßte die Lippen zusammen und versuchte, die Stimme aus seinem Kopf zu blasen.
Was willst du?
Läßt du mir *ein* Auge?
Sehen oder spielen, du darfst jetzt wählen, hier, auf dem Balkon mit Blick auf Haarlem.
Spielen, sagte Victor Klein und legte die Hand auf die Augen. Er war blind, hatte das Licht gegen das Talent seines Lehrmeisters eingetauscht, der ihn allwöchentlich mit einem virtuosen Notenwirbel in seinem Übungsraum empfing. Er bewegte das abgedeckte Gesicht langsam hin und her. Haarlem war verschwunden, aber er hörte das Schwirren der Stadt. Eigentlich war das genug. Es

änderte sich ja doch ständig alles. Welch angenehme Ruhe.
Er hob sein Gesicht ein wenig zum Himmel empor. Wolken würde er vermissen. Obwohl, das Licht kam von innen, das hatte er bei einer alten Dichterin gelesen. Damals, als er noch nicht blind war.
Victor Klein stand regungslos auf dem Balkon, die Hand noch immer auf den Augen. Er roch den Winter. Den Herbst würde er natürlich auch riechen können und alle anderen Jahreszeiten. Er würde den Regen riechen können und den Garten, doch den besaß er ja leider nicht mehr. Jetzt mußte er Braille lernen, um arbeiten zu können, um das »Lexikon der Symbole« zu beenden, denn auch ein Blinder mußte seinen Lebensunterhalt verdienen. Vielleicht ließ sich das Erlernen der Blindenschrift ja gut mit der Notenschrift kombinieren, die er sich gerade aneignete.
Booker könnte sein Blindenvogel werden. Er würde seinem Freund ein seidenes Band um den Hals binden und das Ende gut festhalten. Er sah Wanderungen vor sich im Haarlemmerhout, Booker wie ein Luftballon über sich, mit ruhigem Flügelschlag. Und dann die Freude des unaufhörlichen Musizierens. Ob er wollte oder nicht, sein unvergleichlicher Ton würde bis in die Außenwelt dringen. Er würde entdeckt werden.
Guten Abend, meine Damen und Herren, in unserer Reihe »Unbekannte Meister auf bekannten Instrumenten« hören Sie heute abend einige heimlich aufgezeichnete Aufnahmen des blinden Trompeters Victor Klein. Es ist uns gelungen, in den Besitz

zweier großartiger Stücke zu kommen. Das erste trägt den Titel *I Still See Elisa* von Alan Jay Lerner und Frederick Loewe. Im zweiten Stück, *The Unanswered Question* von Charles Ives, stellt der blinde Musiker siebenmal die Frage nach dem Sinn des Lebens. Victor Klein spielt auf einer alten Conn-B-Trompete, die früher einmal Max Belling gehört hat. Victor Klein mußte lächeln.
Er dachte plötzlich ans Meer. Das wollte er nicht aufgeben, das Meer wollte er auch weiterhin sehen. Die Pferde, die im Herbst mit gesenkten Köpfen am Wasser entlanggingen, die Dünen, die Vögel.
»Geht vom Eis runter, verflixt noch mal. Ich rufe sonst die Polizei!« Eine giftige Frauenstimme gellte über die Rasenfläche zwischen den Hochhäusern und durchbrach Victor Kleins Blindheit.
Er nahm die Hand von den Augen. Unten sah er die Frau, die neben ihm wohnte, mit schimpfenden Gebärden auf die Jungen am Teich zugehen. Aus ihrem Mund lösten sich kleine Rauchwölkchen. Sie trug eine rote Baskenmütze und große schwarze Gummistiefel, die bedrohlich unter ihrem langen Wintermantel hervorschauten. Es waren unverkennbar die Stiefel, in denen ihr Mann bei der allwöchentlichen Wäsche ihres ockerfarbenen Daihatsu Charmant herumlatschte. An der Rückscheibe des Autos klebte ein Sticker mit den Worten: Smile! God loves you, ein Ratschlag, der die Hingabe des Ehepaars an eine frohmütige evangelische Glaubensgemeinschaft signalisierte, die mit Tamburin und Gitarre die Geschundenen dieser Erde zu sich lockte.

»Die petzende Tochter Gottes«, sagte Victor Klein zu sich selbst. Er blickte zu der Frau hinunter und hauchte in seine zusammengelegten Hände.
Das Ehepaar Scheffer erfüllte ihn mit Faszination und Abscheu. Manchmal schlichen sie zu zweit durch das Gebäude auf der Suche nach Verstößen gegen die Hausordnung, wobei Mevrouw Scheffer bereits mehrmals an Türen lauschend beobachtet worden war. In den Abendstunden brüllte Mijnheer Scheffer seine religiösen Lieder mit einer solchen Heftigkeit, als sei er sich der Taubheit des Allmächtigen gewiß. Obwohl sich niemand über die penetrante Glaubensausübung des Ehepaars beschwerte, hämmerte die Frau gegen Wände und Türen, sobald sie etwas hörte, das ihr nicht paßte. So war sie der Meinung, Wim, der redselige Honigkuchenvertreter, schließe seine Küchenschränke zu laut und der Schäferhund des Seemanns müsse eingeschläfert werden, da sie davon überzeugt war, sein Besitzer stifte das Tier zum Bellen und Jaulen an, wenn ihr Mann zum Schöpfer sang.
Victor Klein hatte Mevrouw Scheffer davon in Kenntnis gesetzt, daß er im Begriff sei, Vorkehrungen zu treffen, um die Geräuschbelästigung durch die Trompete möglichst gering zu halten. Bis dahin spielte er ausschließlich am Vormittag und am späten Nachmittag. Doch bei jeder anschwellenden Note klingelte sie an der Tür, drohte mit der Polizei und der Wohnungsbaugenossenschaft.
Eines Tages hatte er ihr ein Glas Wasser ins Gesicht gekippt und gesagt: »Ich will dem Durstigen geben von dem Brunnen des lebendigen Wassers umsonst.

Offenbarung einundzwanzig Komma sechs.« Danach hatte er die Tür zugeknallt und nichts mehr von ihr gehört.

»Geht vom Eis runter! Ihr habt auch Steine auf die Enten geworfen. Das hab ich ganz genau gesehen. Ich geh zur Polizei.«

Die Jungen, von denen einer auf dem Eis herumschlitterte, sahen erschrocken zu der Frau.

»Ihr wohnt hier nicht mal, und bestimmt macht ihr gleich wieder Blödsinn mit dem Fahrstuhl. Paßt bloß auf, daß ihr mir nicht in die Finger kommt!«

Die Jungen zogen sich maulend zurück, traten beleidigt gegen den harten Boden und schwangen ihre Stöcke. Victor Klein kniff ein Auge zu, zielte mit dem Zeigefinger auf die rote Baskenmütze und schoß. Mevrouw Scheffers Kopf knickte nach vorn, riß am Hals ab und fiel auf das gefrorene Gras. Die Baskenmütze blieb wie ein Blutfleck liegen, der Kopf rollte langsam zum Teich, durchbrach das Eis und sank langsam in den blauschwarzen Morast, in dem schlummernde Aale die Augen aufschlugen und die gierigen kleinen Zähne entblößten.

»Sieg Heil, Mevrouw!« rief Victor Klein hinunter. Die Frau drehte sich um, hob das Gesicht und blickte suchend die Balkone entlang. Als sie ihn entdeckte, reckte sie zögernd ihren Fausthandschuh in die Luft und winkte.

Er salutierte und verbeugte sich leicht. »Mit Ihrem Gatten alles in Ordnung? Mit seiner Stimme auch?«

»Was sagen Sie?«

»Daß es schön ist, daß Sie so wachsam sind!«

»Wachsam?«
»Ja. Der große Feldwächter ist stolz auf Sie.« Er zeigte zum Himmel hinauf.
Die Kälte ließ ihn plötzlich frösteln, und ohne weiter auf Mevrouw Scheffer zu achten, die mit hochgezogener Nase und offenem Mund in den Himmel starrte, ging er hinein.
Er blieb vor Bookers Käfig stehen und legte seine Hand darauf.
»Victorrr!«
Sein Freund kletterte am Gitter entlang zu ihm.
»Ja, lieber Kerl?«
»Elisa! Elisa? Ahoi, Tasse Kaffee.«
Victor Klein nickte nachdenklich und sah sich um. Im Zimmer hatte sich in der letzten Zeit Unordnung breitgemacht. Der Fußboden war übersät mit ausgeschnittenen Artikeln, Zeitungen und Zeitschriften, Bechern und Tellern mit vertrockneten Resten, Schuhen, Papierknäueln und CDs verstorbener Trompeter, deren Biographien er in den Begleitheften las. Auf der Rückenlehne seines Schreibtischstuhls stapelten sich Kleidungsstücke, Pullover, sein Morgenmantel und zwei Hosen, die er in die Reinigung bringen mußte.
Seine Mutter würde sagen: Victor, gib acht auf deiner Kleidung Sauberkeit, Vögel kennt man an ihrem Federkleid.
Er wedelte Asche und ein paar Tabakkrümel von seinen Arbeitspapieren und leerte den übervollen Aschenbecher in den Papierkorb. Der Fäulnisgeruch, den er plötzlich bemerkte, stammte offenbar aus dem Apfelmusglas mit verwelkten wei-

ßen Chrysanthemen, das auf dem Fensterbrett stand. Er hatte die Blumen für Booker gekauft, nachdem er ihm mit dem Tod gedroht hatte, als der Vogel während einer seiner Flugstunden die Trompete mit grimmigen Schnabelhieben bearbeitete.
»Booker, deine Blumen sind hinüber. Ich darf sie jetzt wohl wegtun, oder?«
»Trrrompete!« schrie Booker und sah unter einen Flügel.
Victor Klein goß das faulige Blumenwasser in die Toilette und stopfte die Chrysanthemen mit ihren schleimigen Stielen in den Mülleimer auf dem Balkon.
Mevrouw Scheffer stand noch immer am Teich und warf den kreischenden, haarscharf an ihr vorbeischießenden Möwen Brotstücke zu.
Er schloß rasch die Tür. Booker konnte keinen Zug vertragen. In der Küche fand er eine Traube, die noch nicht angeschimmelt war, und reichte sie seinem zufrieden knurrenden Lebensgefährten. Victor Klein gähnte ausgiebig und wischte sich etwas Feuchtigkeit aus den Augenwinkeln.
Wie spät war es eigentlich?
Sechs Minuten nach eins. Genauso wie es einmal sechs Minuten nach eins im Zweiten Weltkrieg gewesen war. Was mochte sich zu diesem Zeitpunkt an all den Tagen in all den Jahren nicht alles zugetragen haben? Vielleicht sollte er mal die Geschichte dieser einen Minute erforschen und beschreiben. Das wäre befriedigender als das Übersetzen überflüssiger Broschüren und das Verfassen bestellter Artikel.

Wo zum Beispiel war seine Conn um sechs Minuten nach eins gewesen? Und Max Belling?
Er ging zum Mauser-Tisch und berührte die Trompete, die dort glänzend auf einem weichen Tuch lag.
Wer mochte während des Krieges auf ihr geblasen haben? Und was? *Ein Lied geht um die Welt?* Das war nicht verboten damals. Die verblüffende Gleichzeitigkeit von Abschlachten, Verbrennen, Zerschmettern, Vergewaltigen, In-die-Luft-Jagen, Vergasen, Erhängen, Verstümmeln, Ausrotten *und* Musik. Oder: *zur* Musik. Ein kleiner Walzer, ein Marsch, ein Tango, ein Foxtrott. Eins, zwei, einszweidreivier. Fröhlichkeit mit erhobenen Gläsern in ausgebrannten Tanzsälen und Theatern, deren Dächer aufgerissen waren. *Heimat deine Sterne.*
Er mußte Mevrouw Belling bald einmal im Altersheim besuchen und fragen, ob sie im Tagebuch ihres Mannes Hinweise auf die Herkunft des Instruments gefunden hatte.
Er trank etwas Wasser aus dem Hahn und blieb in der Tür stehen. Was jetzt, aufräumen, Trompete spielen oder schreiben? Oder spazierengehen? Frische Luft, unter Leute kommen.
Er sah auf die Uhr, ein träger Tag heute. Wenn ihm der Mund nicht so weh täte, würde er am liebsten spielen. Aber besser noch ein paar Stunden warten. Er seufzte und ging zum Anrufbeantworter, den er gedankenlos einschaltete. Er schob die Hände in die Hosentaschen und lauschte seiner eigenen Stimme: Dies ist der Anrufbeantworter von Victor Klein und Booker. Wir sind im Moment nicht

zu erreichen, Sie können aber nach dem Piepton eine Nachricht auf Band sprechen. Wir rufen Sie dann zurück.
Aber es hatte niemand angerufen.
Er schaltete den Apparat aus.
»Vielleicht hat man uns vergessen, Booker«, sagte Victor Klein.

Genervt bahnte er sich einen Weg durch das brausende Gewimmel in der Abflughalle. Es roch nach verbranntem Kerosin, Parfüm und Angstschweiß, und er spürte, wie sich ein dumpfer Kopfschmerz von den Augenhöhlen her breitmachte.
Im Gehen knöpfte er seinen dunkelblauen Wintermantel auf und murmelte Verwünschungen. Die ermattende Stickigkeit, all diese wogenden Rükken vor ihm. Was wollten die alle hier, so früh am Morgen? Die reinste Markthalle. Er sah sich düster um, der Flughafen war ihm alles andere als wohlgefällig, erinnerte er ihn doch an das Reisebüro Trav'lin' Light, von dem er gelegentlich Anzeigen in der Zeitung sah mit dem spießigen Slogan »Have a nice flight with Trav'lin' Light« hinter einem dickbäuchigen Flugzeug mit einem lachenden Mund.
Böse und gehetzt stieß er gegen Gepäckwagen und Reisende mit Skiausrüstungen, stolperte fast über ein Kind, das plötzlich stehenblieb.
Wie um Himmels willen sollte er Lauren in diesem Gewimmel finden?
Ein Jahr würde sie weg sein, bei wohlhabenden Verwandten von Elisa in Vancouver. Wenn er nur nicht zu spät kam, er wollte seine Tochter noch einmal

berühren und ihr etwas Nettes sagen. Gestern hatte sie einen Abschiedsabend gegeben, bei dem er sich aber nicht hatte blicken lassen.

»Dann komm doch wenigstens auf einen Sprung vorbei«, hatte ihn Lauren am Telefon gebeten, »benimm dich nicht so kindisch. Du brauchst doch nicht neben Elisa zu sitzen. Sie bleibt ja auch nicht weg, weil du kommst. Nun mach schon.«

Er hatte gezögert.

»Kommt deine Mutter allein?«

»Nein, mit einem ganzen Spielmannszug. Was redst du da für dummes Zeug, Victor, du kommst doch meinetwegen. Wir sehen uns sonst ganz lange nicht mehr.«

Er hatte Booker angeschaut, aber der hatte den grauen Kopf geschüttelt.

»Ich kann nicht, Lauren, tut mir wirklich leid. Ich will die Frau nicht sehen. Ich darf dich vielleicht daran erinnern, daß sie seinerzeit eine Katze ins Haus geholt hat, die den Auftrag hatte, Booker umzubringen. Das kann ich einfach nicht vergessen. Laß mich, ich komme morgen früh kurz zum Flughafen. Ich werde den ganzen Abend an dich denken und Trompete üben. Wenn du nächstes Jahr wieder da bist, werde ich dir *My Funny Valentine* vorspielen. Okay?«

»Mach was du willst. Tschüs.«

Unsanft stieß er zwei träge dahinschlendernde indische Herren mit Turbanen beiseite, beschleunigte knurrend seine Schritte, während er gehetzt die Reihen der Wartenden vor den Eincheckschaltern absuchte. Vor den weißen Buchstaben auf den An-

zeigetafeln machte er halt: St. Petersburg, New York, Nairobi, Berlin, ah ja: Vancouver, Abflugzeit 11.00 Uhr.
Drei Minuten vor zehn, seine Bulova zeigte an, daß er jedenfalls nicht zu spät war. Er tastete in seiner Innentasche nach den tausend kanadischen Dollar, die er am Morgen bei der Bank geholt hatte. Einen Moment lang schloß er die Augen und massierte seine pochenden Schläfen.
»Victor!«
Er schaute auf und sah das lachende Gesicht seiner Tochter inmitten einer Gruppe zusammengepferchter Fluggäste. Sie winkte überschwenglich.
Erleichtert wollte er zu ihr gehen, fühlte sich aber wie gelähmt, als neben ihr Elisas meergrüne Augen auftauchten. Es war, als würden alle Geräusche ringsum ausgeblendet. Er hörte nur noch das Rauschen seines Blutes, so heftig, daß er fürchtete, es ränne ihm gleich aus dem Mund. Er preßte die Lippen zusammen und blieb reglos stehen.
Wie lange war es her, daß er diese Frau gesehen hatte? Ein Jahr, einen Tag, ein Jahrhundert? Da stand sie, als wäre sie nie weg gewesen.
Er sah, daß Lauren ihm etwas zurief, doch ihre Worte waren aus Stille. Sie winkte, klopfte ungeduldig auf ihre Armbanduhr. Er bekam einen Ellbogen in den Magen, und der Lärm des Flughafens ergoß sich ohrenbetäubend über ihn. Einer der indischen Herren schaute huldvoll lächelnd über die Schulter. Victor Klein war drauf und dran, ihn zu fragen, ob er vielleicht Wert darauf lege, auf der Krankentrage in sein fernes Vaterland zu reisen.

»Victor, so komm doch, ich muß gleich weg!« hörte er Lauren rufen. Er entspannte die Fäuste und ging zu seiner Tochter. Nicht zu Elisa schauen, bleute er sich ein, sie ist Luft, zeige Beherrschung und vor allen Dingen keine Bitterkeit. Und sprich sie auf gar keinen Fall an.
Lauren schlang die Arme um ihn. »Warum standst du denn da wie ein Ölgötze? Mann, du hättest mich um ein Haar verpaßt, dann wäre ich aber wirklich sauer gewesen. Ich muß jetzt gleich durch den Zoll, ich will mir noch ein paar Duty-free-Sachen kaufen. Warum kommst du denn so spät?«
Was Lauren sagte, drang kaum zu ihm durch, er spürte einzig und allein Elisas flirrende Anwesenheit.
Er schluckte, starrte vor sich hin.
Sieh deine Frau nicht an, du hast sie unter der Trauerbirke begraben, sie ist tot. Hilf mir, Booker, flüstere mir Weisheit ein, damit ich keinen Fehler mache in meiner Wut, in meiner Liebe. Damit ich mich nicht selbst erniedrige. Hilf mir, Vogelfreund. Er räusperte sich und löste sich aus den Armen seiner Tochter.
»Wo ist Kim eigentlich?«
»Die war gestern abend da, heute mußte sie arbeiten.«
Er steckte Lauren den Umschlag zu. »Wenn du mehr brauchst, dann schreib mir.«
Ihre Lippen berührten seine Wange.
»Tag, Victor«, hörte er Elisa sagen.
Er holte tief Luft und drehte sich um.
Sie trug Schuhe und einen Mantel, die er nicht

kannte, die Ohrringe und die goldene Halskette stammten noch aus seiner Zeit.
Er sah Unsicherheit in ihren Augen.
Er faßte sich an die Oberlippe.
Ob sie seiner Lippe etwas ansah, das Kampfzeichen der Conn, rot und geschwollen, infolge der plumpen Kraft, mit der er sie aus seinem Leben zu blasen versuchte?
»Ach, das Bräutchen von einst«, sagte Victor Klein.
»Ey, jetzt muß ich aber wirklich los, tschüs, Mami.«
»Paß gut auf dich auf, in ungefähr zwei Monaten komm ich dich besuchen.«
Mutter und Tochter umarmten sich, Elisa rieb die Spur ihres Lippenstifts von Laurens Wange. Sie sahen sich an, bemühten sich, nicht zu weinen.
Victor Klein schlug den Mantelkragen hoch und scharrte mit den Füßen verlegen auf dem Boden. Er dachte an ein Lied von Mahler, *Ich bin der Welt abhanden gekommen.*
Er drückte Lauren an sich.
»Tschüs, Paps, bis dann.« Und leise in sein Ohr: »Benimm dich Elisa gegenüber bitte nicht so lächerlich. Sie ist meine Mutter, remember?«
Lauren zog mit ihrer Umhängetasche ab, winkte mit einer Hand voller Reisepapiere.
Elisa und er winkten zurück. Sie weinte.
Sollte er sie trösten?
Er sah auf ihr Profil, alles war noch vertraut, das blonde Haar, die feinen Fältchen um den Mund.
Sie wandte das Gesicht ab.
Sollte er etwas sagen? Er begann, das Mahler-Lied durch die Zähne zu pfeifen.

»Wie geht es dir?« Ihre Blicke trafen sich.
»Gut«, sagte er, »wirklich sehr gut. Ich besuche einen Tanzkurs, und einmal die Woche kommt die Fußpflegerin.«
Sie nickte ungerührt.
»Na, wie schön für dich.«
Wollte sie sich von ihm abwenden?
»Was willst du hören?« sagte er schnell. »Ich wohne in einem Appartement in einem Hochhaus, das ich ›Vergangenheit‹ getauft habe. Booker, mein gefiederter Lebensgefährte, ruft noch immer deinen Namen. Meine Nachbarn haben mit Kuchen zu tun, mit der See, mit Gott und Verrat. Wenn du demnächst in der Zeitung liest, daß man eine gewisse Mevrouw und einen gewissen Mijnheer Scheffer enthauptet aus dem Teich vor meinem Haus gefischt hat, dann kannst du sicher sein, daß ich der Täter bin. Mevrouw Scheffer ruft die Polizei, wenn ein Hund bellt, und hat sich an die Wohnungsbaugesellschaft gewandt, als sie mich mal Trompete spielen hörte. Und das, obwohl Mijnheer Scheffer nach einem sitzend verbrachten Arbeitstag beim städtischen Elektrizitätswerk bis spätabends Gott aus voller Kehle mit einer Stimme besingt, die hochgradigen Schwachsinn vermuten läßt. Aber ich bin zufrieden, du wirst von den Kindern gehört haben, daß ich Trompete spiele. Es ist tragisch, aber wahr. Ich habe einmal pro Woche Unterricht bei einem Berufsmusiker. Ich bin zwar zu alt für die Trompete, aber fürs Sterben noch zu jung.«
»Ich muß los«, sagte Elisa, »ich finde, du siehst schlecht aus.«

»Das kommt wahrscheinlich daher, weil Booker für mich kocht. Ich glaube, er will mich vergiften, weil ich ihm verboten habe, deinen Namen in meiner Gegenwart auszusprechen.«
»Das wird's sein. Tschüs.«
»Guten Morgen, alles Gute für deine Zukunft.«
»Und dir für deine Vergangenheit«, rief sie, ohne sich umzusehen.

Kräftig hauchte Victor Klein auf die Trompete und rieb das beschlagene Metall andächtig mit einem Wolltuch blank. Viele Male in der Woche nahm er sich das Instrument vor, ölte sanft die Ventile und gab Tuning slide grease auf die beweglichen Teile des Stimmzugs und des dritten Pumpenventils. Er entfernte schwer zu erreichende Flecken mit Wattestäbchen und eingeweichten Zahnstochern.
Er putzte das Messing leidenschaftlich mit Brasso und Lacquer polish und hoffte, daß seine Anstrengungen belohnt würden. Daß eines Abends Max Bellings Geist aus der Trompete rauschte und über seine Lippen käme. Er hielt die Conn prüfend ins Licht der Schreibtischlampe und sah sein Gesicht, klein wie eine Walnuß, zwischen den grazilen Linien gespiegelt, die sich um den schlanken Schalltrichter wanden. Er nickte langsam. So war es auch. Eine verschrumpelte Spiegelung, mehr war er nicht. Wie lange würde es dauern, bevor er die Geister von Max Belling und dessen unbekannten Vorgängern im geheimnisvollen Innern des Röhrensystems winken hörte, ihre Melodien im Dunkel sähe? War ihm diese Zeit überhaupt vergönnt? Alles mußte er erst

noch lernen. Noten lesen, Sechsachteltakt, Stakkato, Legato. Die Lippe, dieser unwillige Muskel, mußte entwickelt werden. Die Zunge, die wie ein träges Stück Fleisch in seinem Mund lag. »Du hast eine faule Zunge«, hatte sein Lehrer gesagt, »du mußt üben, jeden Tag. Tataka. Hörst du. Tatakatataka. Immer schneller.«

Toon Verhulst hatte seine Zunge rattern lassen, und seine Trompete wurde zum Maschinengewehr.

»Das lerne ich nicht mehr.«

»Mußt du aber. Jammer nicht rum. Selbst ein Naturtalent braucht mindestens zehn Jahre, um einigermaßen blasen zu können. Jetzt setz dich erst mal gerade auf deinen Stuhl und nicht mit übergeschlagenen Beinen. Arme nicht so hängen lassen, Fingerkuppen genau über den Ventilen. Und jetzt, staccato, tataka, tataka, gut so, Ton halten, tataka, atmen, b, nicht h, tataka, b, nicht h, hab ich gesagt, erstes Ventil, und wieder von vorn.«

Im Übungsraum seines Lehrmeisters war er wie ein Kind, das unsicher über seinen Schulbüchern saß, verlegen wegen seines Unvermögens und voller Angst, daß er es nie lernen, daß seine Leidenschaft sterben würde.

Eines Tages hatte er zu Toon Verhulst gesagt: »Sieben Jahre werde ich üben, und wenn ich dann nicht einigermaßen den Klang hinkriege, den ich in meinen Träumen höre, dann höre ich auf.«

»Klingt vernünftig«, antwortete sein Lehrer, »denn man los. Ich zähle bis vier.«

Er blies täglich mindestens eine Stunde, wenn seine Arbeit und sein Mund es zuließen. Manchmal war da die Freude über eine Reihe von Tönen, die weniger wackelten als am Vortag, oder der erkennbare Ansatz einer Melodie. Doch in der Regel glich es eher einer Selbstpeinigung, als müsse er Buße tun für das zerbrochene Leben mit Elisa. Jeder Tag, an dem er nicht übte, bedeutete nicht nur Stillstand, sondern sogar Rückschritt.

Seit er spielte, war er lediglich um einen Millimeter vorangekommen auf seiner Reise zu den Sternen. Er wußte, daß das lächelnde Instrument in seinen Händen unbesiegbar war, daß die Zeit an ihm vorbeirasen würde. Aber er erlaubte sich nicht, aufzuhören. Er hatte die Trompete nun mal begehrt, und was er auserwählte, hatte sich nicht von ihm abzukehren.

Eines Tages hatte er seine Matratze durch ein Hochbett ersetzt und aus dem knapp bemessenen Raum darunter einen schalldichten Käfig gemacht, den er nur in Hockhaltung betreten konnte. Darin war Platz für einen Stuhl, einen Ständer für die Noten und einen für die Trompete. An den mit schimmerndem dunkelgrauem Schaumgummi bekleideten Wänden hingen ausgeschnittene Fotos von Clifford Brown, Lee Morgan und Roy Eldridge, ein von Toon Verhulst gezeichneter Quintenzirkel und eine Grifftabelle. Auf zwei schmalen Borden hatte er seine Mundstücke und Schalldämpfer aufgestellt; unter dem Stuhl lagen die Lehrbücher »A Tune a Day«, »Arban Band 1«, »Duhem 24 Etüden« und ein kleiner Stapel nach Vergangenheit riechender Partituren, die er in einem Antiquariat erstanden hatte, »Matériel professionnel à l'usage des directeurs musicaux«, mit der Musik von *How Deep is the Ocean, I'll See You in My Dreams* und *Guilty*. Vor allem der »Army and Navy Hit Kit of Popular Songs« war ihm lieb und teuer: *You'll Always Be the One I Love, Embraceable You, The Man I Love, I'll Close My Eyes*. 1945 herausgegeben »for use by the U.S. Armed Forces only«.

Dort übte er beim Schein einer Handlampe, meist im Unterhemd wegen der Wärme, die in dem Musikkäfig brütete. Und regelmäßig mußte er die selbstgezimmerten kleinen Türen aufstoßen, um frische Luft hereinzubekommen.

Nein, es gab keinen Weg mehr zurück.

Er nahm sich die Trompete erneut vor, polierte, wienerte und summte dazu. Das kalte Instrument auf seinem Schoß schenkte ihm Gelassenheit, vertrieb die fiebrigen Bilder, die von Zeit zu Zeit in ihm aufstiegen. Elisa, wie sie ihn träge und nackt lockte, ihre meergrünen Augen, die Nachtfeuer sprühten.

Er warf einen Blick auf Booker, der auf dem schwarzen Trompetenkoffer saß und ihm hochmütig zusah. Seine starken Greiffüße berührten die Initialen M.B., als hätte er sie von einem Flug mitgebracht und ihm hier vor die Füße gelegt.

»Hallo, lieber Freund, alles in Ordnung mit dir? Ist dir nicht zu kalt? Sonst muß ich vielleicht mal schauen, ob ich dir Pantöffelchen machen kann. Oder eine Mütze. Wüßtest du das zu schätzen, Booker, eine Mütze? Eine Schirmmütze vielleicht, das ist besser. Dann kannst du den Schirm beim Fliegen nach hinten drehen. Sag mal was. Sonst kann ich mir genausogut einen ausgestopften Papagei zulegen.

Was schaust du denn so schmaläugig, hier ist es doch gemütlich, Booker.« Er warf das Putztuch auf den Schreibtisch und zog das neue Irving-R.-Bush-WXC-Mundstück, das ihm sein Lehrer geschenkt hatte, aus der Hosentasche. Er wärmte es mit seinem Atem an und schob es auf die Trompete. Er leckte an dem glatten Metall, spannte die Lippen und blies ein F und ein Fis. Die Noten fetzten durchs Zimmer und lösten sich im Nichts auf. Hier klang es doch entschieden kraftvoller als im Musikkäfig.
Lautes Ballern an der Wand. Er rannte in die Küche und trat gegen die Fliesen, hinter denen, wie er wußte, Mevrouw Scheffer stand. Er legte die Hände seitlich an den Mund und schrie: »Seien Sie doch still! Es waren nur zwei Noten. Wenn die Engel Sie ins Paradies geleiten, haben die auch Trompeten bei sich. Hören Sie! Trompeten!«
Er kehrte ins Wohnzimmer zurück und setzte sich, befühlte seine Lippe. Wo waren das F und das Fis nun eigentlich geblieben? Vielleicht schossen sie ja wie Projektile über Haarlem, das eine hinter dem anderen her, um sich in den Weltenlärm zu mischen. Vielleicht sanken sie aber auch am Ende wie zwei Schneeflocken in die ewige Stille hinab.
Irgend etwas mußte sich doch geändert haben.
»Was meinst du, Booker, wo die Noten jetzt sind?«
Booker stand neben ihm auf dem Schreibtisch und sah ihn aufmerksam an.
»Das weißt du wieder nicht, was?«
Er beugte sich über die Conn, drückte das zweite Ventil hinunter und stellte fest, daß es nicht geschmeidig zurückfederte. Er tröpfelte etwas Valve

oil darauf und trommelte mit den Fingern auf dem Perlmutt herum.

»Hör dir das mal an, Booker, schon über fünfzig Jahre alt. Das mußt du erst noch schaffen. Ich bin fast soweit. Gemütlich haben wir's hier, nicht wahr?«

Der Graupapagei öffnete den Mund, schien es sich aber anders zu überlegen.

»Soll ich dir mal die C-Dur-Tonleiter vorspielen oder die ersten Takte von *After You've Gone*? Sag, was du hören willst.«

»Tretteketet«, schrie Booker und flatterte auf das Fensterbrett, wo er mit dem Kopf vor und zurück ruckte.

»Nicht schlecht, Booker, aber ich muß dir doch sagen, daß mein Ansatz trotz allem bedeutend besser ist. Deine Lippen sind ja wie aus Holz. Tut mir leid, daß ich so grob sein muß, aber wir Musiker sollten immer völlig ehrlich sein. Und geh vom Fensterbrett runter, da zieht es.«

Er ließ Booker auf seine Hand klettern, küßte ihn sanft auf den Federkopf und setzte ihn sich auf die Schulter.

»Ich liebe dich, Booker. Ich habe in der Warmoesstraat einen kleinen Laden mit allem möglichen Krimskrams gesehen. Aber zwischen allem Trödelkram funkelte eine Trompete, die so groß war wie mein Zeigefinger. Hörst du zu? Mit Ventilen und Mundstück. Ich habe es mir sehr genau angeschaut. Vierzig Gulden, Booker. Eine Trompete in einem schwarzen Koffer mit silbernen Verschlüssen. Die kaufe ich dir, sobald wieder ein Honorar eingeht. Weil du mein Freund bist. Hörst du? Eine Trompete auf blutrotem Samt.«

Er spürte den warmen Körper an seiner Wange und wandte ihm das Gesicht zu. Bookers Schnabel berührte seine Lippen und drückte sie behutsam auseinander. Victor Klein öffnete den Mund, und der Vogel schaute hinein. Er schabte mit dem Schnabel sanft an den Zähnen und rief etwas, das wie *ciao* klang. Victor Klein zog den Kopf zurück.
»Hast du ciao gesagt, Booker? Hast du das gesagt? Ich wußte gar nicht, daß du Italienisch kannst. Sag's noch mal.«
Doch Booker schwieg, hüpfte auf den Schreibtisch und begann sein Gefieder zu ordnen.
Victor Klein legte die Trompete auf die Knie und gab etwas Lacquer polish auf den eingravierten Namen Max Belling. Wenn sein Spiel auch nichts taugte, das Instrument mußte glänzen.

Das Altersheim »Vor Anker« lag am südlichen Stadtrand und war durch hohe efeuüberwucherte Lärmschutzwälle von der Schnellstraße abgeschirmt. Ein graues vierstöckiges Gebäude mit einem Flachdach. Über den Fenstern waren die Markisen heruntergelassen, was dem Heim ein sehr verschlafenes Aussehen verlieh.
Victor Klein folgte einem knirschenden Muschelweg, der vom Parkplatz zum Haupteingang führte. Zu beiden Seiten der sich automatisch öffnenden und schließenden Glastüren standen zwei schwarzgeteerte Anker.
Er hatte weiße Gladiolen mitgenommen, ein Pfund gemischte Lakritze in einer Zellophantüte und seinen Trompetenkoffer. Der Pförtner an der

Rezeption schickte ihn zum Aufenthaltsraum im ersten Stock. Er wartete am Fahrstuhl und starrte auf eine naßglänzende Skulptur in der Mitte der Empfangshalle. Er glaubte Poseidon und Amphitrite zu erkennen, umdrängt von ungestümen Pferden. Aus einer riesigen Muschel, die sich der Meeresgott an den Mund hielt, rauschte Wasser in ein beleuchtetes Becken mit trägen Goldfischen herab. Bereits drei Monate waren vergangen, seit er mit der Trompete im Arm die Treppe bei Mevrouw Belling hinuntergerannt war. Seit sie im Altersheim war, hatte er sie ein paarmal angerufen, um sich nach ihrem Wohlbefinden zu erkundigen und zu fragen, ob das Tagebuch ihres Mannes inzwischen aufgetaucht sei. Gestern morgen hatte sie ihn wissen lassen, er dürfe sie nach dem Mittagessen besuchen.

Mevrouw Belling saß dösend zusammen mit mehreren Damen an einem runden Tisch. Im Hintergrund rauchten zwei Männer schweigend eine Zigarette.

Victor Klein legte die Hand vorsichtig auf die Schulter der alten Frau.

Sie wachte auf und sagte: »Ja, ich bin ganz da.«

Er gab ihr die Blumen und die Lakritze.

»Man könnte meinen, das ist ein Heiratsantrag«, sagte sie kopfschüttelnd und rutschte ein Stück. Und zu einer der Frauen, die wach geworden war und mit bleichen Augen aufsah, sagte sie: »Also, das ist der Mann, der die Trompete von meinem Max gekauft hat, nett, nicht?«

Er öffnete den Koffer und zeigte ihr das blinkende Instrument.

»Na, die sieht ja prima aus, Max wird zufrieden sein. Kannst du schon ein bißchen spielen? Oder putzt du sie nur?«
»In erster Linie putze ich«, sagte er entschuldigend. Mevrouw Belling sah ihn forschend an. »Hattest du beim letztenmal eigentlich einen Schnurrbart oder bin ich schon völlig verkalkt?«
Er strich sich über die Oberlippe. »Das haben Sie ganz richtig behalten, aber ich hab ihn mir abrasiert. Wegen der Trompete, wissen Sie. Ich hatte das Gefühl, daß das Mundstück ständig abrutschte. Alles für die Musik.«
»Und, erzähl mal, bist du wieder bei deiner Frau?«
Victor Klein schloß den Trompetenkoffer und hüstelte. Die anderen Damen am Tisch sahen ihn neugierig an.
»Das Leben ist kurz, mein Junge«, fuhr Mevrouw Belling fort, »aber wenn's nicht geht, dann geht's eben nicht.« Sie legte tröstend ihre warme Hand auf die seine. »Na, schau'n wir mal, was ich für dich habe.«
Sie öffnete die Handtasche und setzte sich eine Brille auf. »Mal sehen. Ich habe was aufgeschrieben. Ja, hier hab ich's. Viel ist es aber nicht. Er hat die Trompete '45 von einem gewissen Friedrich Fröhlich eingetauscht. Der hatte so 'ne Art Theater in Berlin, aber das war abgebrannt oder bombardiert worden. Sonst hat er noch was über die Russen geschrieben, die endlich mit diesem Gesindel abrechneten, und daß alles kaputt war. Das einzige, was er noch besaß, war die Westentaschenuhr seines Vaters und ein Päckchen Zigaretten. Und die hat er mit diesem Deutschen

getauscht.« Mevrouw Belling schob den Zettel in ihre Tasche zurück und setzte die Brille ab.
Victor Klein steckte sein Notizbuch weg.
»Bist du jetzt zufrieden?« fragte Mevrouw Belling. »Deine Trompete hat ein Erbstück gekostet und eine Schachtel Zigaretten. Schöne Bescherung.«
Er stand auf, gab Mevrouw Belling einen Handkuß und verbeugte sich vor den übrigen Damen.
»Ich bin Ihnen sehr dankbar, und es tut mir leid, daß ich Sie so oft belästigt habe.«
»Schaust du wieder mal vorbei? Aber erst, wenn du eine kleine Melodie spielen kannst.« Victor Klein nickte.
»Du mußt dich aber beeilen, ich habe nicht mehr viel Zeit.« An der Tür drehte er sich noch einmal um und hob die Hand.
Mevrouw Belling bewegte drei Finger über einer unsichtbaren Trompete.
Vom Altersheim fuhr er gutgelaunt zum Bloemendaaler Strand. Aus den Augenwinkeln sah er die Abzweigung Heemstede, doch seine Gedanken waren bei Friedrich Fröhlich und der Conn, die in der verbrannten Stadt den Besitzer gewechselt hatte. Womöglich noch während der letzten Kampfhandlungen. War die Kapitulation nicht am 7. Mai erfolgt? Das mußte er zu Hause mal nachsehen.
Er fuhr durch Aerdenhout und Elswoud und bog in den Zeeweg ab. Eine Hand ließ er auf dem Trompetenkoffer ruhen; er sann über das Instrument nach, das in bösen Zeiten erklungen war und jetzt einem älter werdenden Herrn in Haarlem gehörte, der einen Papagei als Freund hatte.

Am Meer stieg er aus und rauchte eine Pfeife, den Koffer zu seinen Füßen. Ruhige Wellen rauschten leise an den Strand und krochen wieder behutsam zurück. Falls er irgendwann einmal spielen konnte, würde er hier *The Unanswered Question* blasen, verhalten und melancholisch im Ton, auf den Dünenkämmen hinter sich Streicher, Flötisten, eine Oboe und eine Klarinette. Ohne Zuhörer, nur für den Wind und das Meer.
Ein paar Leute in Trainingsanzügen kamen den Strand entlanggehüpft, gefolgt von einem bellenden Hund. Die Luft war klar und prickelnd, der Pier bei IJmuiden reckte sich wie ein gieriger Arm ins graue Wasser. Der Horizont von Zandvoort wurde durch aufragende weiße Wohnblocks beschädigt. Der Wasserturm dort, aus braungelbem Backstein, war früher einmal das höchste Gebäude gewesen, das er als Junge kannte. Seinem Vater zufolge konnte man vom Dach aus England sehen, das Land Churchills und der Befreier.
Er zündete sich seine ausgegangene Pfeife wieder an. Wenn er nach Hause kam, würde er einem ehemaligen Kollegen schreiben, der jetzt als Korrespondent für diverse Provinzzeitungen in Berlin arbeitete. Ein Theater, das wahrscheinlich Fröhlich geheißen hatte, mußte sich in den Archiven doch finden lassen.
Hoch oben am Himmel bewegte sich ein Flugzeug, das schwere Brummen hielt noch an, als er die Maschine schon längst nicht mehr sah.
Er mußte übrigens auch Lauren dringend schreiben und sich mit Kim und ihrem Freund zum Essen

verabreden. Er klopfte die Pfeife an seinem Absatz aus und schaute auf eine Stelle am Strand, wo er früher einmal mit Elisa und den Kindern in der Sonne gesessen hatte.

»Paps, wir können schwimmen.«

»Fallt nicht!«

Lauren und Kim in den Wellen, Hand in Hand.

Elisa, die träumend hinter ihm stand, die Arme um ihn geschlungen, die kühle Wange an seiner verbrannten Schulter.

»Bleibst du immer bei mir, Vic?«

»Bis zum Ende, Frau.«

Tempi passati.

Victor Klein stieg in sein Auto und fuhr in die Stadt zurück, um für Booker die Minitrompete zu kaufen, die er gesehen hatte. Dann könnten sie beide spielen, jeder in seinem eigenen Käfig. Tataka, Booker, tataka. Solange Puste da ist, besteht noch Hoffnung.

Abends lag er in dem Hochbett, das er über eine kleine Leiter erreichte. Wie ein Wachhund in seiner Hütte. Er versuchte, einzuschlafen, murmelte den Quintenzirkel vor sich hin, rekapitulierte Namen und Alter der verstorbenen Trompeter, auf die er in einem Buch gestoßen war. Bix Beiderbecke 28 Jahre, Bubber Miley 29 Jahre, Bunny Berigan 33 Jahre, Sonny Berman 21 Jahre, Fats Navarro 26 Jahre, Tommy Stevenson 30 Jahre, Al Killian 33 Jahre, Clifford Brown 25 Jahre, Lee Morgan 33 Jahre, Mongezi Feza 30 Jahre. Er sah in die Nacht hinaus und schluckte. Er war sogar schon zu alt, um jung sterben zu können.

Er sank in einen beklemmenden Traum. Joe Newman sah ihn an. Sie standen in einem schwarzen Raum. Newman schnippte mit den Fingern, gab das Tempo an und zeigte auf ihn. Sein Einsatz. Er erhob sich, holte tief Luft, aber er hatte nur sein Irving-R.-Bush-WXC-Mundstück.
»Was ist das denn?« fragte Joe Newman, »wo ist deine Trompete?«
»Ich weiß es nicht, ich habe sie wohl verloren.«
Toon Verhulst sah ihn vorwurfsvoll an. Mevrouw Belling zog einen Zettel aus ihrer Handtasche, auf dem das Wort ZEIT aufleuchtete.
Verloren, schrie Booker und hackte ihm in den Mund.

Am nächsten Morgen trank er mit Booker ein Glas Tee und aß einen Zwieback mit Zucker.
»Ich glaube, du freust dich nicht besonders über deine Trompete, hm?« fragte Victor Klein, während er sich ein paar Zwiebackkrümel aus dem Brusthaar pflückte und den Bademantel etwas enger um sich zog.
»Ich meine, du brauchst ja nicht gleich laut zu schreien, aber ein gewisses Zeichen von Freude, ein Lächeln oder so, das hätte ich doch erwartet. Undankbarer Lümmel. Vierzig Gulden hab ich dafür bezahlt! Üb doch mal.«
Booker hatte sich am Gitter seines Käfigs festgekrallt und schaute verärgert auf die Trompete, die wie ein Trapez an zwei Bindfäden über der untersten Sitzstange baumelte.
»Vor allem tiefe Noten blasen, hörst du, c, h, a, g und dann ges. Das ist gut für deinen Ansatz. Und lang

anhalten die Noten, in der Mitte anschwellen und dann wieder leise ersterben lassen. Spiel doch mal.«
Booker kletterte zögernd herunter und biß vorsichtig in das goldene Instrument.
»Gut so, lieber Kerl. Ich muß dich nur darauf aufmerksam machen, daß sich das Mundstück am anderen Ende befindet.«
Victor Klein goß sich noch etwas Tee nach und amüsierte sich über den Graupapagei, der langsam seine Scheu überwand und die Trompete in den beinernen Mund nahm, als wäre es eine Zigarre. Er versorgte Booker mit Wasser und füllte den Futternapf mit Hafer, Sonnenblumenkernen, einem Stück Zwieback und einem Teelöffel Kanarienkörner. Danach setzte er sich an den Schreibtisch, schaltete den Klassiksender an seinem Weltempfänger ein und schrieb die einleitenden Sätze einer Buchbesprechung. Eine Geschichte deutscher Dienstboten, die vor dem Krieg in die Niederlande gekommen waren.
Er arbeitete konzentriert und hielt erschrocken inne, als es läutete.
Auf Zehenspitzen ging er durch den Flur und blinzelte durch das Guckloch. Da stand eine Frau mit dem Rücken zu ihm, die blonden Haare mit einem blauen Band zusammengehalten. Sie kam ihm bekannt vor, aber er beschloß, nicht zu öffnen. Gerade als er sich abwenden wollte, drehte sich der Kopf um, und er sah Hanneke genau ins Gesicht.
Er murmelte eine Verwünschung, fuhr sich hastig mit beiden Händen durchs Haar, zog den Gürtel seines Bademantels fester und schloß die Tür auf.

»Hallo, Mijnheer Klein, hab ich Sie aus dem Bett geklingelt? Es ist aber schon elf. Die meisten Menschen haben ihr Tagewerk schon hinter sich. Oder sind Sie krank?«

»Heute zufällig nicht. Aber was machst du hier, wenn ich fragen darf? Bist du von der Stadtverwaltung hierher verbannt worden?«

»Nix bin ich. Ich hab mir gedacht, ich hab den Mann schon so lange nicht mehr gesehen, ich schau mal vorbei.«

Sie trat in den Flur und machte die Tür zu. »Wie geht es Ihnen?«

»Sehr gut, merkwürdigerweise schrieb ich gerade etwas über Haushaltshilfen, als du mit deinem Dauergeklingel anfingst.«

Sie zog den Reißverschluß ihrer rosa Windjacke auf und ging ins Wohnzimmer. »Ich hab mich halbtot gesucht. Erst war ich in dem anderen Haus im siebten Stock. Da hat ein alter Mann aufgemacht, ich hab noch gedacht: Wie sieht Mijnheer Klein bloß aus.«

Er folgte ihr, roch die Frische ihrer Gegenwart.

»Große Wohnung für einen allein. Hallo, Booker, kennst du mich noch? Tasse Kaffee? Was hast du da für 'ne schöne Tröte. Sag doch mal was. Sie haben hier bestimmt 'ne tolle Aussicht, darf ich mal gukken?« Sie legte die Jacke auf den Schreibtisch und zog die Jalousien hoch. »O ja, die Grote Kerk. Und wo liegt jetzt eigentlich die Westergracht? Ach, ich seh schon, aber mein Haus kann man doch nicht sehen. Blöd übrigens, daß Sie solche Dinger vor den Fenstern haben. Irre dreckig sind sie außerdem. Kommt natürlich von der Pfeife.«

Sie schwieg. »Die Fenster dürften auch mal geputzt werden.« Sie schrieb »Sau« mit dem Finger auf die Scheibe und malte ein Ausrufezeichen dahinter. Sie drehte sich um und lachte. Sie trug Jeans und einen weißen Pulli mit zwei aufgenähten Bären, die einen roten und einen grünen Ballon hielten. Er sah ihre spöttischen blauen Augen, die ihn mal in Verwirrung gebracht hatten.
»Sie sind mager geworden, essen Sie denn genug?«
Er nickte, fühlte sich unbehaglich in seinem schäbigen Bademantel. Außerdem fragte er sich, was wohl der Grund ihres Besuches war. Ob Elisa sie geschickt hatte? Damit sie in Heemstede von der beginnenden Verwahrlosung berichten konnte?
Sie sah sich um. »Das ist hier ja der reinste Trödelladen, das einzigste, was ordentlich aussieht, ist Bookers Käfig. Wenn ich hier mal 'n bißchen aufräum, dann können Sie sich derweil anziehen.«
»Kommt nicht in die Tüte, ich bin am Arbeiten. Hab ich doch gerade gesagt.«
»Na, von mir aus, ich fang sowieso in der Küche an. Gibt's hier irgendwo 'nen Staubsauger?« Sie begann, durch die Wohnung zu gehen, öffnete Türen. »Ist das Ihr Bett, Mijnheer Klein?« hörte er sie lachend vom Flur aus rufen. »Kriegen Sie da nicht Höhenangst? Und was ist das für 'ne Kohlenkiste darunter?«
»Das ist mein Musikzimmer, mach, daß du da wegkommst! Sofort!« Seine Stimme überschlug sich. Er kicherte lautlos.
Sie streckte den blonden Kopf zur Tür herein. »Lieber Himmel, stimmt ja, Sie spielen Trompete, nicht?

Muß ja 'ne wahre Freude für die Nachbarn sein. Vielleicht dürfen Sie mal im Mongolenorchester mit meinem Bruder mitmachen. Aber sagen Sie mal, das ist mir vielleicht 'ne dämliche Kiste, da kann man ja nicht mal drin stehen.«
»Quak, quak, quak«, brummte er, suchte seine Kleider zusammen und schloß sich im Badezimmer ein. Er streckte sich, in ihm brütete eine nicht unangenehme Unruhe, als sei mit Hannekes Kommen Elisas Schatten aufgetaucht.
Ist das Ihr Bett.
Unerhört. Was wollte sie hier eigentlich? Sie hatte natürlich einen Auftrag, aber er würde sie nicht danach fragen. Er würde nach gar nichts fragen. Heemstede? Was war denn in Heemstede? Ach so, ihre Arbeitgeberin, ach ja, zu der hatte er keinerlei Beziehung mehr. Er lebte hier in Abgeschiedenheit und völliger Zufriedenheit.
Kohlenkiste.
Er starrte in den Spiegel und sperrte den Mund so weit auf, daß sich seine Augen zu Schlitzen verengten.
Francis Bacons »Man in a Blue Box«. Eine Reproduktion des Gemäldes hing in seinem Wohnzimmer, und je länger er nun schon allein lebte, um so mehr Ähnlichkeit entdeckte er mit dem wie ein Tier schreienden Mann in der verheerenden Leere, die ihn umschloß.
Er entspannte den Unterkiefer. Was machte es schon aus, wenn Hanneke erzählte, daß er in einer Kohlenkiste unter seinem Bett Trompete spielte? Man in a blue music box.

Er würde sie übertrieben gut für ihre Arbeit bezahlen. Hundert Gulden oder so. Er ließ die Wanne vollaufen und rasierte sich in der Zwischenzeit.
Geschniegelt und gebügelt betrat er später das Wohnzimmer, in das Licht aus allen Fenstern hereinfiel. Die Balkontür stand auf, und die Sonne beschien den frisch gesaugten grauen Teppich. Zeitungen, Ausschnitte und CDs waren zu ordentlichen Stapeln vor den Bücherschrank geschoben.
Hanneke kam mit zwei Bechern Kaffee aus der Küche, die sie auf den blankpolierten Mauser-Tisch stellte. »Hier, Kaffee. Ich habe den Kühlschrank ausgewaschen und Ihre Wäsche in einen Müllsack getan.«
»Danke schön. Ich werde dich großzügig entlohnen.«
»Ach, Mijnheer Klein, sei'n Sie nich so albern. Sonst komm ich nie wieder.«
»Das wäre dann ja erst recht ein Grund, dich zu bezahlen.«
»Ich krieg noch zuviel!«
Sie schwiegen und tranken Kaffee.
Booker knabberte an seiner Trompete und knurrte.
»Ich wußte gar nicht, daß noch Kaffee da war«, sagte Victor Klein.
»War auch nicht. Den hab ich, als Sie in der Badewanne saßen, bei der Frau nebenan geliehen. Und eine Filtertüte.«
»Bei der Scheffer?«
»Keine Ahnung. Jedenfalls hier nebenan. Da stand ›Willkommen‹ auf der Türmatte, also dachte ich, das wird schon in Ordnung sein. Ich hab aber ge-

sagt, daß Sie's bald zurückgeben. Freundliche Frau.«

Er stellte den Becher ab und machte ein gequältes Gesicht.

»Blöde Viecher, nä, Papageien. Er weiß nich mal mehr, daß ich Hanneke heiß. He, Booker! Tasse Kaffee? Spricht er denn überhaupt noch?«

»Aber sicher. Wie geht's eigentlich in Heemstede?«

»Prima. Ich glaube, Elisa will das Geschäft verkaufen, jedenfalls hat sie das neulich mal gesagt.«

Sie stand auf. »Gut, daß Sie Heemstede sagen, da war ein Brief für Sie gekommen, den sollte ich mitnehmen.« Sie zog einen Umschlag aus ihrer Jacke. Mit gerunzelter Stirn las er die Adresse: Mr. Victor Klein c/o Travel Agency Trav'lin' Light. Sein Blick flog zu den norwegischen Briefmarken. Auf der Rückseite des Briefs stand kein Absender.

Helle Munch. Warum hörte er jetzt sein Blut pochen? Er versuchte sich ihr Gesicht vorzustellen, doch es blieb vage und verschwommen, wie hinter Schleiern. Ihr Mund war häßlich, wenn sie aß, erinnerte er sich, ein bißchen schlampig, wie bei einer Katze.

Er merkte, daß Hanneke ihn beobachtete, und legte den Brief beiseite.

Elisa hatte natürlich sofort begriffen, wer ihm da aus Norwegen schrieb. Wahrscheinlich gehörte es zu Hannekes Auftrag, ihn bei der Überreichung genau zu beobachten, vor allem, ob er Anzeichen von Freude zeigte. Warum sonst hatte sie den Brief nicht einfach umadressiert? Er lächelte. An ihm würde es nichts zu beobachten geben.

»Ich geh jetzt los, Mijnheer Klein. Ich muß gleich noch zum Schwimmen mit dem Ältesten.«
»Geht's deiner Familie gut?«
»Prima. Wir fahren diesen Sommer alle Mann an die Costa del Sol, das hat Elisa für uns organisiert, für 'nen Appel und 'n Ei. Ja, läuft alles gut.«
Sie zog ihre Jacke an und trug die Becher in die Küche. »Sie sind mir einer, Sie ham ja nich mal Ihren Kaffee ausgetrunken.«
Im Flur fragte er: »Warum will sie das Reisebüro eigentlich verkaufen?«
»Was weiß ich. Mehr Ruhe haben, denk ich. Die arbeitet sich ja tot, das einzigste, was sie hat, is 'n bißchen Golfspielen. Ich find, sie hat völlig recht.«
Er strich sich über die Oberlippe.
Vielleicht zog sie dann ja auch um, verließ die Stadt, ging womöglich ins Ausland.
Dieser Gedanke schmerzte ihn. Bis jetzt bestand immerhin noch die Möglichkeit, daß sie sich zufällig auf der Straße begegneten, sich im Vorbeifahren aus dem Auto heraus ansähen.
»Also, ich geh dann«, sagte Hanneke.
Er nickte, faßte sie am Arm. »Wart mal bitte. Kannst du für mich einen Brief einwerfen?«
Er ging schnell ins Zimmer und kam mit dem Brief zurück, den er am Abend an den Korrespondenten in Berlin geschrieben hatte.
»Ich finde es außerordentlich liebenswürdig von dir, daß du hier warst, Hanneke«, sagte er ernst, »und daß du mein Durcheinander aufgeräumt hast. Ich würde dir sehr gerne etwas dafür geben, aber ich habe im Augenblick nichts.«

»Ja, tschüs. Vergessen Sie nicht, den Kaffee zurückzugeben?«
Als sie hinter der Fahrstuhltür in der Tiefe versank, beschlich ihn ein Gefühl großer Einsamkeit.
Drinnen ließ er die Jalousien herunter, und das Licht wurde wieder grau.
Er suchte eine elegische Musik, entschied sich für Clifford Brown with Strings, nahm den Brief aus Norwegen und setzte sich an den Schreibtisch.
Er lauschte der bittersüßen Melodie von *Yesterdays*, so ergreifend und strahlend geblasen, daß er einen Moment lang den Atem anhielt und den Kopf neigte.
Der Brief in seiner Hand zitterte. Mr. Victor Klein c/o Travel Agency Trav'lin' Light. Warum belästigte man ihn? Er wollte schließlich von niemandem mehr etwas wissen. Sie war im himmelblauen Fjord verschwunden, der so tief war, wie die ihn umschließenden Berge hoch sind.
Kommst du zurück? War das nicht die damals gestellte Frage?
Aber wie sahen Sie eigentlich aus? Ich sehe Ihr Gesicht nicht mehr, weiß nur noch, daß Sie beim Essen einen häßlichen Mund hatten. Das ist nach allem, was sich abgespielt hat, nicht viel, das gebe ich zu. Aber ich habe Sie schon längst in meinem Kopf begraben, im Dämmerlicht. Ich höre gerade Musik, will nicht erinnert werden. Ich will auch nichts Böses über Sie denken, als wären Sie an irgend etwas schuld. Warum kommen Sie zurück? Oder sind Sie vielleicht verletzt?
»Victorrr! Victorrr! Lieber Kerl. Tasse Kaffee! Jaja, tretteketet!«

»Gleich, Booker, du sollst nicht reden, wenn Musik läuft. Gleich üben wir beide. Jetzt muß ich erst etwas lesen.«
Mit einer Büroklammer schlitzte er den Umschlag auf, der einen kurzen, auf englisch abgefaßten Brief enthielt und eine Karte.
Dear Victor, ich hoffe, daß dieser Brief Dich erreicht. Du sollst wissen, daß ich seit kurzem verheiratet bin. Mein Mann ist Ingenieur, ein Witwer mit zwei Kindern. Wir wohnen in der Nähe von Oslo. Ich bin glücklich und habe wieder Vertrauen zum Leben. Die Narbe auf meiner Seele schmerzt manchmal noch ein wenig, wenn ich etwas über Hamsun höre oder im Radio Musik aus den dreißiger Jahren. Ich möchte Dir dafür danken, daß es Dich in meinem Leben gegeben hat. Ich wünsche Dir Glück und werde Dich nie vergessen. Leb wohl, Helle.
Er betrachtete die Karte, auf der ein lesender Mann in einem behaglichen, altmodischen Raum abgebildet war, über seinem Kopf ein grüner Papagei in einem Käfig. Die Rückseite war leer, bis auf den gedruckten Text: Kitty Kielland 1889, National Galerie, Oslo.
»Leb wohl, Helle Munch«, flüsterte Victor Klein, »ich bin froh, daß du lebst.«
Er zündete ein Streichholz an und hielt die Flamme unter den Brief, der auf seinem Schreibtisch verbrannte. Die Asche blies er behutsam in den Papierkorb. Er zerriß den Umschlag in kleine Schnipsel und steckte die Karte in das Buch »Erzählungen eines Papageis«.

Er legte die Hand auf den Brandfleck, der in der Schreibunterlage zurückgeblieben war, und wandte sich Booker zu. »So, lieber Freund, jetzt sind wir Männer wieder unter uns. Frauen können wunderbar aufräumen, aber sie bringen auch viel durcheinander. Manchmal so schlimm, daß Jungs wie wir weinen müssen. Na ja: tempi passati. Was sagst du, Booker?«
Der Vogel war auf die oberste Sitzstange geklettert und pfiff ohrenbetäubend. Für einen Moment wirkte er bedrückt, dann erleichterte er sich über seiner kleinen Trompete.

Abends saß Victor Klein in seinem Musikkäfig. Dort fühlte er sich geborgen. Wind war aufgekommen, er heulte durch den Wohnturm und drückte an die Fenster. Doch hier war es ruhig und warm wie in seinem Kindertraum von einem Glashaus am Strand, an das das Meer schwappte und über dem der Wind toste.
Morgen mußte er zu Toon Verhulst. Er übte über eine Stunde, seine Lippen wurden einfach nicht müde. Als habe er das Instrument zum erstenmal im Griff, als begännen die Noten zum erstenmal zu atmen. Heute abend war er bestimmt einen Millimeter vorangekommen auf seiner endlosen Reise.
Zufrieden setzte er seine Conn auf den Ständer, gab Booker einen Gutenachtkuß und knipste das Licht im Badezimmer an. Im Spiegel sah er den blassen, blasenartigen Abdruck des Mundstücks. Er zog die Lippe hoch und fluchte abgrundtief. Über die oberen Zähne floß Blut.

Humming to myself

Er nahm das letzte saubere Oberhemd aus dem Schrank, hellgrün mit kurzen Ärmeln, und hielt prüfend die wenigen Krawatten daneben, die er noch besaß. Die meisten hatte er bei Elisa gelassen, da es Geschenke von ihr waren. Er entschied sich für die mit einem verschleierten gelben Mond über einer ruhigen silberblauen See bedruckte schwarze Seidenkrawatte, die er vor Jahren auf der Fähre nach Hull gekauft hatte. Wenn sein Jackett zugeknöpft war, fiel der Brandfleck nicht auf.

»Armut, Booker, Armut ist über dieses Haus gekommen!« rief er aus dem Schlafzimmer.

Booker antwortete nicht. Was war bloß mit seinem Vogelfreund los? Seit Tagen hockte er dösig auf seiner Sitzstange herum, rührte die Trompete nicht mehr an.

»Wir gehen demnächst mal zum Arzt, du zum Tierarzt und ich zum Zahnarzt. Hörst du, lieber Kerl?«

Booker knurrte in der Ferne.

Victor Klein zog sich um. Er mußte sich dringend neue Sachen zum Anziehen kaufen, seine Hosen rutschten, und zwischen Hals und Hemdenkragen paßten mittlerweile zwei Finger. Unterwäsche brauchte er übrigens auch, und Socken. Alles war ausgefranst, löchrig oder ausgeleiert. Er konnte sich glücklich preisen, daß er sich nicht in Gesellschaft auszuziehen brauchte. Hoffentlich stieß ihm draußen nichts zu.

Elisa hatte sich immer um seine Unterwäsche gekümmert. Bei derartigen Käufen wartete er stets mit abgewandtem Gesicht draußen vor dem Herrenmodengeschäft. Es war ihm unangenehm, wenn ein Verkäufer Farbe und Größe seiner Unterbekleidung kannte. Aber jetzt würde er die Sache doch tatsächlich selbst in die Hand nehmen müssen.
Elisa, Elisa, warum hast du mich verlassen?
Während er sich die Krawatte knotete, überlegte er sich, wie er ohne Gesichtsverlust in den Besitz von Unterwäsche gelangen konnte.
»Hast du ein Glück, Booker, daß du eine Dauerunterhose trägst und von derart banalen Alltagsdingen nichts weißt!«
Er legte sich die Bulova um und sah in den Spiegel.
Guten Tag, ich hätte gern ein paar Unterhosen, für einen bettlägerigen Mann, ungefähr meine Statur, der eine Vorliebe für Schwarz hat. Geben Sie mir ein Dutzend davon, bitte in Geschenkverpackung. Können Sie ein Kärtchen dazuschreiben: »Von Herzen gute Besserung«? Es ist für jemanden, dem man das Bein amputiert hat, wissen Sie. Und dazu noch das Lieblingsbein. Sehr bedauerlich. Für mich persönlich sechs Paar Socken von guter Qualität in Schwarz, Dunkelblau und Grau. Nein, zu den Geschenkunterhosen brauche ich keine Unterhemden. Die betreffende Person kommt ausschließlich im Sommer hinaus. Was für ein Schicksal, nicht wahr?
Ja genau, das würde er sagen. Notfalls wäre vielleicht ein Versandhaus in Betracht zu ziehen.
Er ging in die Küche und trank ein Glas Wasser. Draußen sah er den Abendverkehr in Gang kom-

men, eine lange Scheinwerferprozession zog sich träge durchs graue Licht. Die Tage begannen bereits wieder länger zu werden. Er sah auf seine Uhr, noch genug Zeit zum Schuheputzen. Gegen sechs hatte er sich mit Kim in Amsterdam verabredet. Sie wollten sich im Ristorante Campaldino treffen, das günstig auf halbem Wege zwischen dem Altersheim, in dem sie momentan arbeitete, und dem Concertgebouw lag, wo sie nach dem Essen Mahlers Dritte Sinfonie erwartete. Er hatte zwei Freikarten von Toon Verhulst bekommen, der im dritten Satz ein großes Solo auf dem Flügelhorn haben würde. Leider unsichtbar, da die Partitur »aus der Ferne« vorschrieb, so daß er hinter einer geöffneten Tür auf dem Flur stehen mußte.

Victor Klein war stolz auf seinen Lehrmeister, der nicht nur atemberaubend auf seiner silbernen Conn blies, sondern auch auf dem Flügelhorn, der Bratsche der Blechbläser.

Während der Unterrichtsstunde hatte Toon Verhulst das rundliche Instrument aus dem Koffer gehoben, kurz auf den Pistons herumgetrommelt und die ersten Takte seines Solos preisgegeben, so warm und voll im Ton, daß Victor Klein danach seine einfache Etüde kaum noch vorzuspielen wagte.

Wie schade, daß ausgerechnet sein Lehrer auf dem Flur auftrat. Sonst hätte er Kim zuflüstern können: Das ist Toon, auf dessen Mundstück ich spielen darf und der große Stücke auf mich hält. Zu Beginn jeder Stunde stimmen wir unsere Conns und blasen ein A, bis unser Ton eins wird, als wären wir Brüder. Und dann würde er den Finger auf die Lippen legen.

Er trank noch ein Glas Wasser und lauschte dem Wind, der um den Wohnturm schlich.
Victor Klein freute sich auf das Konzert, vor allem auf den Einsatz des Alts im vierten Satz, »O Mensch! Gib acht!«, die erste Zeile des *Trunknen Lieds* aus Nietzsches »Also sprach Zarathustra«. Als entstünde ein dunkles Licht, in dem alle Mühsal dahinschwände.

O Mensch! Gib acht!
Was spricht die tiefe Mitternacht?
Ich schlief, ich schlief –,
Aus tiefem Traum bin ich erwacht: –
Die Welt ist tief

Er beschloß, seine Schuhe zu putzen. Hinter der Küchenwand erhob sich Mijnheer Scheffers grelle Stimme, die mit ängstlichen, langgedehnten Tönen seine Demut vor dem Gekreuzigten bekundete.
Früher brachte Elisa ihm alle Schuhe im Haus und sah zu, wie er sie hingebungsvoll bürstete und blank polierte.
»Ich finde dich richtig rührend, Vic, wenn du da so zugange bist. Du siehst dann wie ein Junge aus, wenn ich das sagen darf.«
»Ich bin ja auch ein Lausejunge, Elisa. Mein Großvater war genauso. Als er gestorben war und die Laken zurückgeschlagen wurden, hatte er eine Zigarrenbauchbinde der Marke ›Hofnar‹ am großen Zeh. Obwohl er ›Ritmeester‹ rauchte. Meine Großmutter mußte bis zu ihrem Tod darüber kichern. Ich fürchte, ich habe viel von meinem Großvater. Er blieb auch sehr präsent. Großmutter hat, solange sie lebte, einen großen Bogen um den leeren

Lehnstuhl ihres Mannes gemacht. Sie hatte Angst, über seine Füße zu stolpern.«
»Ich liebe dich, Trauerbirke.«
»Ich Sie auch. Bring mir Kakao, Kuchen und was zu naschen. Liebe Elisa.«
Elisa, die näher kam und ihn küßte.
Victor Klein zog seine blankpolierten derben Halbschuhe an und stopfte sich eine Pfeife für unterwegs.
Er fuhr nicht gern in die Hauptstadt. Er fand sie unausstehlich selbstgefällig. Und überall dieses unaufhörliche Gequassel im Wahn, den Fortschritt gepachtet zu haben. Und dann dieser ewige Amsterdamer Humor, den die Leute triumphierend vor sich her trugen wie einen fetten Wanst. Er hatte schon so manches Mal nach seiner Würgschnur getastet. Außerdem gab es dort Leute, die sich UE nannten, UNSEREINER, saturierte Bürger aus der Mittelschicht, die Hirschaugen aßen und rülpsend das Ende der Zeit erwarteten. UNSEREINER. Er kannte die Stadt, hatte dort Deutsche studiert während der skurrilen Diktatur der sechziger Jahre. Welch ein Mief. Er erinnerte sich an die verqualmten Versammlungen, auf denen aus dem sicheren Wohlstand heraus nach Sprengstoff gerufen wurde und erregte Protestbärte auf menschenverachtende Regime irgendwo in der Welt hinwiesen. In Amsterdam war alles so widerlich locker, modern und vor allem jugendlich, daß er das Gefühl hatte, aus der Zeit gefallen zu sein.
Als sich herausstellte, daß Elisa ein Kind erwartete, war er sofort in die verschlafene Stadt an der Spaarne zurückgekehrt. Wo waren all die Himmelsstürmer

von damals eigentlich geblieben? In UNSEREINS mutiert, fürchtete er, bei denen Toleranz in Gleichgültigkeit umgeschlagen war. Ihm war klar, daß auch sein eigener Beitrag zum Dasein nicht gerade in die Annalen eingehen würde. Kinder gezeugt, ein Gartenhaus gebaut, das hinter seinem Rücken eingestürzt war, eine Frau unglücklich gemacht, die ihn zum Schluß vor die Tür gesetzt hatte. Übriggebliebenen war ein Wortklauber, ein Trompetenschüler mittleren Alters mit blutendem Zahnfleisch.
Wie fand er jetzt ohne allzu große Umwege zum Roelof Hartplein? Er kam natürlich ab und an nach Amsterdam, berufshalber oder einer Ausstellung oder Aufführung wegen, doch nie hielt er sich dort länger als notwendig auf. Wenn er durch die Amsterdamer Straßen ging, wurde er von einer unerklärlichen Niedergeschlagenheit erfaßt. Die Luft, die er einatmete, schien auch dikker zu sein als in Haarlem. Er verirrte sich noch immer, nach all den Jahren. Inzwischen war er davon überzeugt, daß die Stadt seine Abneigung spürte und aus Rache in einem fort die Grachten vertauschte. Nach dem Weg würde er nie fragen, er irrte umher, und bei jedem Schritt auf der Suche nach seinem Auto nahm sein Gefühl der Verlassenheit zu.
Nein, da gehörte er nicht hin.
Anfangs hatte sich Elisa über seine harsche Haltung gewundert, wenn sie gemeinsam in Amsterdam waren.
»Wir sind doch zu zweit, Vic, was regst du dich über die Leute auf?« Er hatte ihr Kinn angehoben, ihr die

Hände auf die Schultern gelegt. »Betrachte es als Allergie, Elisa. Ich kann nichts dafür. So wie manche Menschen von bestimmten Nahrungsmitteln einen Ausschlag bekommen, so wird mein Gemüt hier angegriffen. Das führt zu Grobheit im Mund und falschen Augen.«

Elisa liebte die Hauptstadt, die Architektur, die schicken Leute, den Markt, die Rundfahrtboote, das schwirrende Kaufhaus, das wie eine Mastgans bis obenhin vollgestopft war, die erleuchteten Brükken am Abend.

»Gib zu, Vic, das ist schön. Schau doch nur, wie sich das im Wasser spiegelt. Jetzt sei doch nicht so.«

»Elisa, das einzige, was für die Anbringung dieser kitschigen Lampen spricht, ist, daß man so wenigstens sieht, von wo der Gestank kommt. Ich will es dir nicht vermiesen, aber du kannst mir glauben, daß in diesen Grachten nichts als Matratzen, Korsetts, Kondome und überschüssige Menschen schwimmen. Laß uns schnell gehen, sonst atmen wir deren Bazillen noch ein, und dann sitzen wir erst recht im Schlamassel.«

Später begann Elisa, ihn zu provozieren.

»Na, Victor, wie wär's mit 'nem netten Ausflug nach Amsterdam?« Ihre rotlackierten Nägel, die herausfordernd auf die Lehne der weißen Ledercouch tickten.

»Frau, ein für allemal: Domburg ist nett, Elsloo, Dokkum, Hengelo, Huizen, ja, sogar der Afsluitdijk platzt förmlich vor Nettigkeit. Aber komm mir bloß nicht mit Amsterdam.«

»Wie du willst, dann fahr ich eben mit Anouck. Du

bist auf dem besten Weg, dich zu einem richtigen Langweiler zu entwickeln!«

»O ja, mit Anouck. Und nimm deine Golftasche mit für den Fall, daß du auf dem Markt ein paar von diesen ach so humorvoll und zu Schleuderpreisen angebotenen Salatgurken ergattern kannst.«

Sie hatte sich an die Stirn getippt.

Höhnisch war er über den von Grachten eingeschnürten Sündenpfuhl hergezogen, wo die Zwietrachtsäer hausten, die Verführer, Diebe, Kriecher, Simoniebetreiber, die Gefräßigen, Verschwender und Falschschreiber.

»Red nicht so ein blödes Zeug, Victor Klein!«

»Du hörst lediglich die Stimme meines Herzens, liebe Frau.«

»Dann wird es wirklich Zeit, daß du mal zum Kardiologen gehst.«

Wie frech sie, im nachhinein betrachtet, geworden war!

Er legte die Hand auf Bookers Käfig.

»Ich muß gerade wieder an dieses lästige Weibsstück denken, Krummschnabel, du weißt schon. Frau E. in H.«

Booker nickte matt mit halbgeschlossenen Augen.

Victor Klein suchte auf dem Schreibtisch nach seiner Brieftasche und den Autoschlüsseln.

Vielleicht war Elisa ihm ja entwachsen, wollte er sie mit hinunterziehen in den Niedergang, den er in sich spürte. Elisa war rasch vorangekommen in der Welt, und er war zurückgeblieben in seinem Arbeitszimmer mit Blick auf den Garten. Die Konzertkarten, wo lagen die?

»Booker, hast du zufällig meine Karten gesehen? Du brauchst gar nicht so zu tun, als ob du schläfst, ich kenn dich doch. Was machst du für ein bekümmertes Gesicht, hast du noch genug Wasser? Ja, und leckere Körner. Es gibt Gegenden, wo die Menschen weniger zu essen bekommen als du, schreib dir das gefälligst hinter die Ohren. Her mit den Karten, sonst ruf ich den Geflügelhändler an. Ich kann auch nichts dafür, daß du nicht mitdarfst ins Concertgebouw. Ich habe mich extra erkundigt und als Argument angeführt, daß Vögel der Ursprung aller Musik sein sollen. Hat aber nichts genützt.«
Booker saß mit hochgezogenen Schultern still auf seiner Stange. Seine Trompete hing regungslos unter ihm.
Victor Klein tastete seine Taschen ab und fand die Karten in der Brieftasche.
Er schlüpfte in den Mantel und deckte ein Tuch über den Käfig.
»Victorrr! Lieber Kerl. Ahoi, Victorrr!«
»Schlaf gut, Booker. Morgen erzähl ich dir ausführlich, wie wunderschön mein Lehrmeister auf seinem Flügelhorn gespielt hat. Weißt du, wie Mahler diesen dritten Satz nennen wollte? ›Was mir die Tiere im Wald erzählen‹. Schön für dich, was? Morgen früh frühstücken wir zusammen in meinem Musikkäfig. Danach darfst du auf meiner Schulter sitzen, und ich führe dir vor, wie weit ich mit *My Funny Valentine* gekommen bin. Ist das was oder ist das nichts? Na also. Unterwegs kauf ich dir noch eine Tüte Nüsse. Tschüs, lieber Vogel, träum schön von morgen. Tempi passati.«

Victor Klein löschte das Licht und zog die Wohnungstür hinter sich zu.

Er bog auf die Autobahn, fühlte sich wohl und trommelte auf dem Lenkrad herum. Heute abend würde er sich nicht über die Hauptstadt beklagen, nahm er sich vor. Schließlich wohnte sein Kind dort. Der Name ihres Freundes war ihm entfallen. Yoeri oder Joost, Graphikdesigner, wenn er sich richtig erinnerte.
Nein, er wollte einen ausgeglichenen Eindruck auf Kim machen. Ein milder, weiser Vater, der mit seiner Tochter essen ging und bei Tisch verständnisvoll über ihre Lebensfreude lächelte. Das würde Elisa zweifellos zu Ohren kommen. Danach würden Kim und er Arm in Arm, in ein herzliches Gespräch vertieft, zum Konzert spazieren. Kein Mißton würde seinem Mund entweichen. Was kümmerte ihn Amsterdam?
Einhändig zündete er seine Pfeife an, paffte und sah im Rückspiegel, wie Haarlem blinkend zurückwich. Auf halber Strecke näherte er sich der Zukkerfabrik, die hinter unheilverkündenden Rauchwolken auftauchte. Er kurbelte das Fenster hoch und schloß die Frischluftzufuhr. Doch der Gestank war bereits ins Auto gedrungen, süß und fad. Er drückte aufs Gaspedal. Die Fabrik lag neben der Autobahn, fast an der Leitplanke. Über dem alten Tor wachten zwei steinerne Schwäne, jeder auf einem runden Turm.
Victor Klein wandte den Blick ab. Eine Angstvision aus seiner frühen Jugend. Eines Tages hatte er

seinen Vater zufällig von einem Mann sprechen hören, der mal in der Schmiede gewesen war. Jener habe eine merkwürdige Geschichte von Krematorien im Krieg erzählt, von Menschen, die verbrannt wurden. Der Mann habe lange ins Schmiedefeuer gestarrt und sei dann gegangen, ohne den Grund seines Kommens zu nennen.
Sein Vater hatte ein ernstes Gesicht gemacht und Verwünschungen ausgestoßen. Victor war beunruhigt in sein Zimmer gegangen. Das einzige, was er verstanden hatte, war, daß Menschen verbrannt werden konnten. Er vielleicht auch, wenn er nicht aufpaßte. Aber er traute sich nicht, seine Eltern danach zu fragen. Als er eines Abends mit ihnen aus Amsterdam zurückfuhr, kamen sie an der Zuckerfabrik vorbei, und da ging ihm plötzlich ein Licht auf. Das war keine Zuckerfabrik. Er roch den Tod. Hatten seine Eltern keine Angst? Bloß weg hier. Natürlich durfte darüber nicht gesprochen werden. Aber er wußte Bescheid, hinter diesen stillen, hohen Fenstern lauerte der Tod und fletschte die Zähne. Dort war sein Arbeitsplatz. Dort kochte er Menschen in riesigen Kupferkesseln, bis sie in stinkenden Rauchwolken aufgingen. Er rührte mit einer Eisenstange in den Kesseln und trug eine lange Lederschürze, wie Vater in der Schmiede. Warum pfiff Vater hinter dem Lenkrad? Er mußte sich übergeben, und seine Mutter drehte sich erschrocken um.
»Ach herrje. Herman, dem Jungen ist schlecht. Geht's wieder? Ach, du großer Gott. Woher kommt das bloß? Hier, ein Taschentuch. Gib mir die Hand. Viel zu viele Süßigkeiten, das kommt davon.«

O Mensch! Gib acht!
Warum war er eigentlich nicht Schmied geworden, einer, der im feurigen Funkenregen mit einem schweren Hammer in der Hand draufIosschlug? Ein ordentlicher Handwerker. Aber nein, er mußte ja unbedingt studieren, Wissen anhäufen, zum Geistesadligen der Familie werden.
»Ja, unser Vic studiert, nicht wahr, Vic?« Seine Mutter, die ihm übers Haar strich, der Besuch, der bewundernd nickte.
»Ja, unser Sohn lernt Moffisch für den Fall, daß sie noch mal kommen.« Sein Vater, der mit bitterem Blick wegsah.
»Bist du böse, mein lieber Herr Papa?«
Sein Vater, der das Zimmer verließ und auf dem kleinen Hof die Geranien goß.
Erst in den letzten Jahren hatte er angefangen, seinen Vater zu bewundern. Der konnte wenigstens ein Scharnier machen, ein Hufeisen, ein gußeisernes Gitter. Wo seine Werkzeuge wohl geblieben sein mochten? Ein Glück, daß seine Eltern nicht mehr Zeugen seines Untergangs geworden waren.
Victor Klein hatte das Ende des Overtoom erreicht und bog nach rechts auf den Leidseplein. Aus den Augenwinkeln sah er das alte Hotel-Restaurant, und er dachte an Elisa. Dort wollte sie auf der Terrasse sitzen. Noch bevor der Ober gekommen war, hatte er mehrmals auf seine Uhr gezeigt.
»Los, laß uns gehen, Elisa, so ein stieseliges Bedienungspersonal, die haben uns längst gesehen, aber sie wollen, daß wir sie auf Knien anflehen. Laß uns

in den Dünen Kaffee trinken, im Parnassia. Ich trage dich durch den Sand, auf dem Rücken.«
»Ich bleibe hier, du kannst ja gehen.«
Als der Ober ein Glas Weißwein für sie und Mineralwasser für ihn gebracht hatte und Elisa in aller Ruhe ihr Gesicht in die Sonne hob, begann er laute Brechgeräusche von sich zu geben. Er fuhr damit fort, bis Elisa ihr kaum berührtes Glas wütend hinstellte und ihm schweigend zum Auto folgte.
In Haarlem hatte er viele Blumensträuße für sie gekauft und einen Fön. Er entschuldigte sich, und sie sagte, es sei in Ordnung.
Doch sie waren nie mehr gemeinsam in der Hauptstadt gewesen.

»Und jetzt, wie soll's mit euch weitergehen?« Kim sah ihn eindringlich an und drehte sich währenddessen eine Zigarette. Elisas blondes Gesicht, sein dunkler zurückhaltender Augenaufschlag. Sie saßen sich gegenüber, eine brennende Kerze zwischen sich. Er legte seine Serviette auf den Tisch und winkte der Bedienung. »Wir haben es ziemlich eilig, wissen Sie. Bringen Sie uns zwei Espresso und die Rechnung.«
Er lächelte seine Tochter an.
Vor wie langer Zeit war sie geboren? Vor fast einem Vierteljahrhundert, das stand fest. Doch in seiner Erinnerung war alles noch so frisch. Elisa war damals nicht älter als Kim heute. Die Zeit war eine Ziehharmonika, mal weit auseinandergezogen, dann wieder zusammengedrückt.

»Elisa, wenn es wieder eine Tochter wird, sollen wir unsere Filmstarreihe dann fortsetzen und sie Kim nennen?«
»Kim? Ja. Schön. Oder Brigitte.«
»Bloß nicht Brigitte, das ist in meinen Augen eine gräßliche Schauspielerin mit einem Mund wie ein Saugnapf. Außerdem finde ich, das ist ein Völkerballname. Nein, Kim, Kim Novak, ›Vertigo‹. Dann haben wir Lauren und Kim. Sag jetzt schnell ja, sonst holt mich der Tod in jungen Jahren, und du bist Witwe. Einverstanden? Sag ja!«
Elisa in einem blauen Umstandskleid mit bravem weißem Krägelchen, die Hände auf dem straff gespannten Mutterbauch. Ihre jungen Lippen in seinem Nacken.
Unwiederbringlich vorbei.
Eine Hand stellte Espresso auf den Tisch und ein Schälchen Pfefferminzbonbons.
»Ey, ich hab dich was gefragt!«
Er sah auf.
»Abwarten«, sagte er.
Er pustete gegen die Kerzenflamme, die wild zu flackern begann. »Abwarten, denke ich. Bis es vorbei ist.«
»Bis was vorbei ist? Wenn ihr noch lange wartet, wird die Distanz nur noch größer. Ihr seid vielleicht Blödmänner.«
Er zuckte ergeben mit den Achseln. Was meinte sie bloß mit ihr? Hatte Elisa sich etwa in der Garderobe versteckt? Ach, Kim wollte ja nur vermitteln. Er mußte freundlich bleiben, sich nicht zu verletzenden Äußerungen hinreißen lassen, sein Kind nicht

in Verlegenheit bringen mit seinen trübsinnigen Gefühlen.
Sein Zeigefinger tastete über die verschnörkelte Reliefschrift auf der Speisekarte. Ristorante Campaldino.
Dino Crocetti, den hatte die Frau ohne Gesicht aus dem Lærdal gemocht. Und Monteverdi, wenn er sich nicht irrte. War sie nicht italienischer Abstammung? Merkwürdig, daß er solch unnütze Kenntnisse noch mit sich herumtrug. Er strich sich über die Oberlippe.
Ob Elisa ihrer Tochter je von seiner Entgleisung erzählt hatte? Hatten sie lachend in Heemstede beisammengesessen und ausführlich über seine Schwäche gespottet? Er jedenfalls hatte nie davon gesprochen. Unbedeutende Angelegenheit.
Er zahlte.
»Wußtest du übrigens, Kim, daß Dean Martin, der unterhaltsamste aller Sänger, in Wirklichkeit Dino Crocetti heißt? Ein wissenswertes Detail, das ich mal in Norwegen erfahren habe. Ein höchst erstaunliches Land übrigens, soviel kann ich dir verraten.«
Kim drückte verärgert ihre Zigarette aus.
»Mann, ist mir doch egal. Ich sprach von Elisa und dir. Von eurer Ehe. Ich glaube, ihr wißt beide nicht, was ihr eigentlich wollt. Entweder läßt man sich scheiden, und dann ist die Sache gegessen, oder man probiert es noch mal. Und was tut ihr? Total eingeschnappt rumsitzen und warten. Worauf? Elisa ist weiß Gott nicht glücklich, falls du das gedacht hast. Und du auch nicht mit deinen ganzen

Sprüchen. Du bekommst immer mehr Ähnlichkeit mit deinem Papagei. Du laberst zwar rum, aber du sagst nichts. Ja, über diese dämliche Trompete, die keinen interessiert. Warum probiert ihr's nicht noch mal? Es sei denn, ihr haßt euch wirklich, aber das ist doch kaum möglich nach so vielen Jahren. Ihr wart länger zusammen als allein. Ich hab das auch schon ein paarmal zu Elisa gesagt, aber die ist ein genauso bescheuerter Sturkopf wie du.« Kim begann sich eine neue Zigarette zu drehen.
»Man merkt wirklich, daß du momentan in der Altenpflege tätig bist. Du hast gut gesprochen.« Er sah Kim an und kniff gutmütig beide Augen zu. In ihrem Blick sah er Unsicherheit, sogar das Schimmern einer Träne.
Victor Klein lächelte, er schmeckte seine Bosheit im Mund, bittersüß, aber er konnte es nicht ändern. Daß Elisa offenbar unglücklich war, freute ihn. Warum sollte er allein leiden müssen? Er war Kim dankbar. Sein Leben schien weniger leer, seit er gehört hatte, daß es Elisa ebenfalls nicht gutging.
»Hab ich was Komisches gesagt?« fragte Kim.
»Nein, ich habe mich gerade in Selbstmitleid ergangen. Es tat mir gut, zu hören, daß die Geschichte an deiner Mutter auch nicht spurlos vorübergeht. Ich bin doch wirklich ein nichtsnutziger Mensch.«
Er blies die Kerzenflamme aus. »Komm«, sagte er, »wir müssen los. Mein Lehrer wartet, der hat mit seinem Flügelhorn schon unsichtbar Posten im Schützengraben bezogen.«
Er half Kim summend in ihre schwarze Motorradjacke und küßte sie auf die Wange. »Bevor ich's

vergesse, ich habe Lauren damals Geld gegeben, als sie nach Vancouver flog, das hast du noch gut. Ich geh diese Woche zur Bank und überweise es dir. Und wenn ich's über mich bringe, dann ruf ich Elisa mal an.«
An der Tür wandte sich Victor Klein an die Gäste und stimmte kurz *O sole mio* an. Kim zog ihn nervös lachend aus dem Lokal.
»Alberner Kerl!«
Sie hakte sich bei ihm ein und legte im Weitergehen den Kopf an seine Schulter.
»Sag mal, stimmt es, daß deine Mutter ihr Geschäft verkaufen will?«
»Das behauptet sie, aber ob sie es wirklich tut, bleibt abzuwarten. Jedenfalls will sie aus Heemstede weg.«
»Zurück nach Haarlem?«
»O nein, sie will sich eine Wohnung am Meer kaufen. In Noordwijk, glaube ich.«
Victor Klein stolperte, seine Tochter hielt ihn fest.
»Was ist?«
»Das schlechte Pflaster in Amsterdam, das ist alles.«
Geh nicht weg, Elisa, dachte er, bitte geh nicht so weit weg.
»Vielleicht sollte sie sich auch eine Trompete kaufen«, sagte er, »ich würde ihr zu einer Conn raten. Es gibt sogar eine vom Typ Victor. Sage und schreibe.«
»Hast du auch noch was anderes im Kopf?« fragte Kim.
»Nur Müll.«

Nach dem Konzert nahm Kim die Straßenbahn nach Hause.
»Ich bin todmüde, und morgen hab ich wieder Frühdienst. Danke, Paps, wir telefonieren. Vergiß Elisa nicht. Bis bald, ja? Weißt du, wie du fahren mußt?«
Er machte sich auf den Weg zu seinem Auto.
Kim war während des dritten Satzes eingeschlafen. Er hatte sie angestoßen und auf die einen Spaltbreit geöffnete Tür am Ende der Treppe hingewiesen, wo Toon Verhulsts Flügelhorn erklang, traurig und mild von den Stimmen des Waldes umspielt. Sie hatte kurz den Kopf gehoben, genickt und war wieder eingeduselt. Als die Altistin im vierten Satz ihren Engelmund auftat, hatte er die Augen niedergeschlagen und an Noordwijk gedacht, an die Frau, deren jugendliches Ebenbild hier neben ihm schlief.

Und tiefer als der Tag gedacht.
Tief ist ihr Weh –,
Lust – tiefer noch als Herzeleid:
Weh spricht: Vergeh!
Doch alle Lust will Ewigkeit –,
Will tiefe, tiefe Ewigkeit!

Er fuhr über Schiphol zurück nach Haarlem. Unterwegs hielt er an einer Tankstelle und kaufte einen Riegel weiße Schokolade für sich und eine Dose ungesalzene Nüsse für Booker.
»Wie weit ist Noordwijk eigentlich, dreißig, vierzig Kilometer?«
Der Tankwart sah von seinem Kreuzworträtsel auf und reckte sich ausgiebig. »Ja, ungefähr. Immer Richtung Den Haag.«

»Danke. Wie angenehm ruhig es hier drinnen ist, umschlossen von all dem Glas. Eine erleuchtete Oase in der Nacht. Sie sind bestimmt froh über diesen Arbeitsplatz.«
Der Tankwart musterte ihn argwöhnisch und lehnte sich zurück.
»Ist Ihr Kaffeautomat noch in Betrieb?«
»'n Gulden, aber ich hau gleich ab.«
Victor Klein ließ einen Plastikbecher vollaufen und starrte hinaus. Warum sollte er schon nach Hause fahren? Warum nicht nach Prag oder nach Maastricht? Eine lange Reise durch die Nacht mit unbekanntem Ziel. In zwei Stunden könnte er bereits in Belgien sein oder in Deutschland.
Er trank von dem bitteren Kaffee und schlenderte an den Zeitschriften, Straßenkarten, abgepackten Eßwaren, Nebellampen und Abschleppseilen vorbei. Alles, was er für eine Fahrt ohne Ende benötigte, war hier erhältlich.
»Ich mach den Laden jetzt dicht«, sagte der Tankwart. Er stand auf. »Heim zu meiner Alten. An der Matratze horchen.«
Victor Klein warf den Kaffeebecher in einen Abfalleimer und knöpfte sich den Mantel zu. »Na, dann setze ich meine Reise auch wieder fort. Ich hoffe für Sie, daß Ihre Alte noch wach ist, denn nichts ist so enttäuschend, als in ein Haus zu kommen, in dem alles Leben bereits erloschen ist.«
»Na, meine schläft bestimmt. Du brauchst bloß Matratze sagen, dann schnarcht sie schon. Astor! Komm, komm!« Hinter der Kasse erhob sich ein Bouvier, der sich wild zu schütteln begann. Der

Tankwart klinkte eine Stahlkette am Halsband des knurrenden Hundes ein.
»Welch liebenswürdige Begleitung«, sagte Victor Klein, »wir Musiker sind ständig allein unterwegs. Ein wunderbarer Beruf, aber immer einsam. Morgen muß ich wieder in Noordwijk auftreten, ausgezeichneter Saal, gute Akustik, aber eben allein. Sie haben wenigstens Astor zu Ihren Füßen liegen. Ich kann schwerlich mit einem Hund auf der Bühne erscheinen, das wüßten die Zuhörer nicht zu schätzen, nehme ich an.«
»Was spielst du denn?«
»Marimba divertimenti und nach der Pause Akkordeon. Aber jetzt muß ich leider gehen. Danke für die Gastfreiheit zu so später Stunde. Kommen Sie gut nach Hause.«

In dem Wohnturm, den er »Vergangenheit« genannt hatte, brannten fast keine Lichter mehr. Der Fahrstuhl brachte ihn nach oben, und er öffnete behutsam die Wohnungstür, um Booker nicht zu wecken. Er zog sich im Schlafzimmer aus und kletterte ins Hochbett.
Wieder ein Tag überstanden.
Er aß den Schokoladenriegel und sah nach oben. Wenn er wollte, konnte er mit den Füßen die Zimmerdecke berühren. Noordwijk aan Zee, wie sollte es jetzt weitergehen? Nicht vorausdenken, flüsterte er, nicht voraus. Abwarten. Er massierte seine Oberlippe.
Morgen Trompetenunterricht, Triolen, die G-Dur-Tonleiter und Stakkatoübungen.

Blumen für Toon Verhulst nicht vergessen oder vielleicht eine CD mit Trompetenkonzerten von Stradella, Graupner, Hummel. Die mochte sein Lehrer, nicht Brown, Morgan oder Baker.
War eigentlich Geld auf seinem Konto? Er hatte Kim etwas versprochen. Er mußte sich auch mal wieder an die Übersetzung des »Lexikons der Symbole« machen. In letzter Zeit hatte er nicht mehr viel zustande gebracht. Kleidung, Zahnarzt, Tierarzt. Warum in Gottes Namen Noordwijk, so weit von ihm weg. Er zog sich die Decke über den nackten Körper und versuchte zu schlafen.
Doch in seinem Kopf wirbelte es weiter. Er drehte sich seufzend um, bauschte mit der Faust das Kopfkissen auf und knurrte. Seine Hände lagen bleischwer neben seinem Körper. Er fing an zu schwitzen, die Beine klebten aneinander. Nicht vorausdenken. Nicht an die Zukunft denken. Es lohnte sich nicht.
Warum kam Max Belling nicht mal zu Besuch? Mit Erinnerungen an frühere Zeiten, an die Conn, die im Dunkel unter dem Hochbett blinkend auf einem Ständer ruhte. Er öffnete die Augen. Elisa schritt durch seinen Geist, nackt wie er. Weich und warm sank sie auf ihn. Wie lange war es her, daß sie auf seiner Brust eingeschlafen war?
Trost, es verlangte ihn nach Trost. Victor Klein stieg aus dem Bett, ging in den Musikkäfig und machte die Handlampe an. Er nahm die Trompete und preßte sie an sich. Das kalte Metall an seinem Herzen ließ ihn erschauern. Er wiegte sich summend hin und her, bis er die Kälte nicht mehr spürte.

Man in a Blue Box.

Er legte die Trompete auf die Oberschenkel und zog seinen Mund mit beiden Händen so weit auseinander, daß der Schmerz ihm Tränen in die Augen trieb. Nicht weich werden, er mußte Herr der Lage bleiben, seine Schlaffheit mußte bekämpft werden, notfalls mit einem harten Schlag ins Gesicht. Ihm fehlte doch nichts? Vor allen Dingen kein Selbstmitleid zulassen, das liederlichste aller Gefühle. Einsamkeit schenkte Kraft und besaß Schönheit. Trost war etwas für Damenfriseure und Kinder. Askese, so lautete die Losung. Dieses Wort mußte er Booker auch noch beibringen, damit der Vogelfreund ihn von Zeit zu Zeit daran erinnern konnte.

Er hielt die Trompete ins Licht und berührte die abgegriffene Seriennummer, die in das mittlere Ventil eingraviert war: 321575. Baujahr 1937.

Zurückdenken. Er mußte zurückdenken.

Er leckte am Mundstück und setzte die Trompete an die Lippen. In der Stille der Nacht blies er unhörbar die Sterne vom Himmel.

Alles würde wieder gut werden.

Victor Klein schrie vor Wut und Kummer. Booker lag tot auf dem Käfigboden zwischen seinen Exkrementen. Auf dem Rücken, die Kletterfüße erstarrt in die Höhe gereckt, als habe er noch versucht, das Unheil durch Tritte abzuwenden.

»Ach, mein Freund, mein lieber Freund, wo bist du jetzt? Warum hast du mich nicht gerufen? Ich hätte mich vor dich gestellt, ich hätte dem Tod in die

Gurgel gebissen. Warum zum Teufel hast du nichts gesagt?«
Er hob den Graupapagei vorsichtig aus dem Käfig und küßte den beinernen Mund, drückte seine Wange an den Federbauch. »Armer Booker, warum bist du schon so früh gestorben? Mit wem soll ich jetzt meine Gedanken teilen?« Victor Klein begann zu weinen, verfluchte das Dasein und die Welt. Er setzte sich auf den Fußboden und wiegte seinen Freund in den Armen. »Ich hatte dich nicht vergessen, lieber Kerl, gestern abend habe ich an einer Tankstelle noch Nüsse für dich gekauft, ungesalzene, wie du sie immer wolltest. Du hättest nicht allein sterben dürfen, Booker, wir waren doch zusammen. Jetzt bin ich wirklich allein, weißt du das?«
Er legte Booker neben sich auf den Teppich, streichelte den flaumigen Hals, der beim Pfeifen so rührend vibrierte. Er hätte mit Booker früher zum Tierarzt gehen müssen. Laxheit, diese ewige Laxheit. Der Zug könnte ihn getötet haben, dieser säuselnde, falsche Luftzug, der überall im Wohnturm herumkroch. Er sah sich um. Oder Bleivergiftung, daß er daran nicht gedacht hatte. Er stand auf, wischte sich die Tränen vom Gesicht und riß Bookers Trompete aus dem Käfig. Möglicherweise enthielt die goldene Farbe Blei, dann war Booker daran gestorben. Er besah die Schnabelhiebe und Kerben, die der Graupapagei in dem winzigen Instrument hinterlassen hatte.
»Durchaus möglich, daß ich dich getötet habe, Booker«, murmelte er. »Sollte das der Fall sein, so wird das Leben mich strafen.« Victor Klein warf

die kleine Trompete auf den Arbeitstisch und nahm den toten Vogel mit in seinen Musikkäfig. Er legte Booker in den nachtblauen Samt des geöffneten Trompetenkoffers und nahm die Conn in die Hand.
»Hör zu, Booker, hör noch einmal zu. Ich werde *My Funny Valentine* für dich spielen, so gut ich eben kann.«
Er schüttelte die Speichelreste aus der Trompete, dann begann er zu blasen. Ein paar hohe Noten kamen ihm nicht von den Lippen, aber es gelang ihm zum erstenmal, das letzte F kraftvoll zu halten und zart ausklingen zu lassen.
»Hast du das gehört, Booker? Es war noch nicht wunderschön, aber meine Lippen wollen nicht, weil ich so traurig bin. Verstehst du das?«
Er setzte die Trompete auf den Ständer und starrte auf den Koffer mit den weißen Initialen M. B. Er ging ins Wohnzimmer und kehrte mit einem schwarzen Filzstift zurück, mit dem er das M. überkritzelte. So würde er seinen Freund begraben, im Trompetenkoffer, diese Ehre war er ihm schuldig.
»Du bekommst meinen Koffer mit auf die Reise, Booker. Heute abend begrabe ich dich auf der anderen Seite des Teiches, da, wo keine Leute hinkommen. Ich werde jeden Tag vom Balkon aus zu dir herüberschauen, und ab und an werde ich zu dir kommen und nachsehen, ob auch keine Grabschänder am Werk waren. Ich werde dein Grab so gestalten, daß es für fremde Augen unsichtbar ist. Jetzt lasse ich dich allein, und wenn es dunkel wird, machen wir uns gemeinsam auf den Weg.«

Er ging zum Telefon. Bookers Tod mußte doch gemeldet werden. Kim war im Dienst. Ob er Elisa anrufen sollte? Unschlüssig sah er auf das Telefon und merkte auf einmal, daß das rote Lämpchen des Anrufbeantworters blinkte. Er drückte auf die Abhörtaste und hörte nach seiner eigenen Mitteilung eine Männerstimme, die ihm freundlich zusprach. »Hallo, Victor, ich kann dir jetzt endlich deine Frage beantworten. Nach dem Archiv des Deutschen Schaustellerunternehmerverbands hat es ein Panoptikum eines gewissen Friedrich Fröhlich gegeben, vor dem Krieg und auch noch während des Kriegs. Der Mann ist tot, aber nach einigem Herumtelefonieren kam heraus, daß er einen Sohn hat, Winfried, und der wohnt am Nollendorfplatz. Du bekommst noch einen Brief mit genauen Angaben, aber ich dachte, ich ruf dich schon mal an. Solltest du nach Berlin kommen, dann müssen wir uns verabreden. Sonst alles okay?«
Wie spät war es im Zweiten Weltkrieg? Fast elf. Nollendorfplatz. *Berlin, dein Tänzer ist der Tod.*
Die Nachricht im Anrufbeantworter, daß es einen Anknüpfungspunkt für die Geschichte seiner Trompete gab, berührte ihn kaum. Er befand sich am Beginn eines entseelten Tages. In der Küche machte er sich ein Glas Pulverkaffee und aß ein paar Löffel trockenes Müsli aus der Packung. Bookers Beisetzung mußte mit aller Sorgfalt durchgeführt werden. Niemand brauchte im übrigen zu wissen, daß sein Freund tot war. Als ob das jemanden interessieren würde. Er überlegte, daß es eigentlich nur noch sehr wenig Menschen gab,

mit denen er Kontakt hatte, genaugenommen keinen mehr. Nur Hanneke hatte ihn besucht. Doch er würde die Hand nicht ausstrecken. Er spuckte über dem Abwaschbecken aus und spülte den Brei weg. Heute abend, bevor er mit Booker das Haus verließ, würde er einige Musikstücke für seinen toten Freund auflegen. *The Unanswered Question* und *Embraceable You* oder *Yesterdays* von Clifford Brown. Und noch einen Satz von Bachs *Goldberg Variationen,* gespielt von Glenn Gould. Wenn er sich nicht irrte, waren das die ersten Klänge gewesen, denen Booker in seinem Arbeitszimmer in Heemstede gelauscht hatte. Damals, als das Leben noch unveränderlich schien.

Er setzte sich vor den Käfig und schob die Sitzstange gerade, an der Bookers Trompete gehangen hatte. Ein Käfig war an sich schon etwas Unangenehmes, ein leerer Käfig jedoch ekelerregend, zumal, wenn noch Anzeichen von Leben darin erkennbar waren. Der Futternapf, die Exkremente seines Freundes im bleichen Sand auf dem Boden, ein braungewordener Apfelschnitz. Bleivergiftung? Er griff nach der kleinen Trompete auf dem Schreibtisch, betrachtete sie nochmals sehr genau, steckte sie in den Mund und saugte daran. Es würgte ihn. »Weg damit«, murmelte er.

Er öffnete die Tür zum Balkon, hob den Arm und warf sie mit aller Wut, die in ihm war, über die Brüstung. Bookers Trompete flog, sich um die eigene Achse drehend, durch die Luft und schoß wie eine Kugel in die Tiefe. Das Loch im silbern gekräuselten Teich schloß sich im Nu wieder. Das kurze

Geräusch des Einschlags ließ ein paar Enten aufschauen, sie änderten für einen Moment ihren Kurs, sahen aber nichts und ließen sich vom Wind weiterschaukeln.

Als es dunkel wurde, begann Victor Klein mit den Vorbereitungen. Er holte den Trompetenkoffer aus dem Musikkäfig und legte ihn auf den Schreibtisch. Er übermalte das M noch etwas gründlicher mit dem schwarzen Filzstift, so daß nur noch das weiße B zu lesen war. B wie Booker, Brown, B, Belling, Berlin, Bulova, Bombenangriff, Beerdigung. Er öffnete den Koffer und schaute auf den Graupapagei.

»So, lieber Kerl, es ist soweit. Unsere Wege trennen sich. Grüß alle anderen von mir und benimm dich. Ich werde deinen Käfig als Erinnerung aufbewahren, nie wird ein anderer Vogel ihn bewohnen. Schade, daß ich kein Foto von dir besitze, aber ich habe ein paar Federn von dir.«

Er rückte Booker auf dem Samt zurecht, streichelte ihn.

»Heute nachmittag habe ich die Noten von *Dream* für dich abgeschrieben. Von Johnny Mercer, aus dem Jahr 1934. Die bekommst du mit auf den Weg. Ich habe nämlich mal gehört, daß Vögel träumen können. Außerdem gebe ich dir die Erdnüsse mit, die ich für dich gekauft habe. Für unterwegs. Lächelst du? Das ist gut. Leb wohl, Booker, ich liebe dich.«

Er küßte die Federbrust des Vogels und schloß den Trompetenkoffer. Keine Musik mehr, die Qual nicht verlängern. Er warf einen Blick auf die CDs, die er bereitgelegt hatte. Ausschließlich Glenn Gould, aber keine Trompete, nicht die Frage nach dem Sinn des Lebens. Er legte die Klaviermusik auf und spähte durch einen Spalt in den Jalousien. Es war dunkel draußen. Wie sollte er ein Grab ausheben, er besaß keine Schaufel. Mit einem Brotmesser und dann mit den Händen weitergraben? Die Nachbarn hatten bestimmt eine Schaufel.

Er klingelte beim Honigkuchenvertreter, und als da keiner aufmachte, versuchte er es beim Seemann. Dessen Frau erschien mit erstauntem Gesichtsausdruck in der Tür.

»Mevrouw, haben Sie einen kleinen Spaten oder eine Schaufel, die ich für eine halbe Stunde ausleihen könnte? Eine merkwürdige Frage so spät am Abend, aber ich nehme an einem Zeichenkurs teil und soll ein Stilleben mit einer Schaufel und zwei Artischocken malen. Sie verstehen.«

»Nein, da kann ich Ihnen leider nicht helfen. Ich habe nur so eine Kinderschaufel aus Plastik, Sie wissen schon, so ein Ding für den Sandkasten.«

»O, das ist wunderbar, von der Form her sogar noch interessanter. Wenn ich mir die mal ausleihen dürfte, da wäre ich Ihnen sehr dankbar.« Die Frau verschwand und kehrte mit einem weißen Eimer zurück, in dem sich außer einer roten Schaufel auch noch eine kleine Harke und diverse Sandförmchen befanden.

»Ergreifend schön«, sagte Victor Klein, »auf so etwas hätte ich gar nicht zu hoffen gewagt. Mit Ihrem Mann alles in Ordnung?«

»Der ist auf See, in fünf Wochen isser wieder da. 'ne lange Zeit, aber ich bin dran gewöhnt. Möchten Sie vielleicht 'ne Tasse Kaffee?«

»Sehr freundlich von Ihnen, aber die Pflicht ruft. Ein andermal gern, wenn Ihr Mann wieder da ist. Dann können wir übers Meer sprechen. Ich überlege mir nämlich, ob ich auch zur See fahren soll. Schönen Abend noch. Ich lege die Schaufel wieder vor die Tür, wenn ich fertig bin.«

Victor Klein trug den Trompetenkoffer vor der Brust, aus der Tasche seines dunkelblauen Mantels ragten das Brotmesser und die rote Kinderschaufel. Er ging durch das schwarze Gras, dicht am leuchtenden Wasser des Teichs entlang. Die Wohntürme zu seiner Rechten sahen mit Hunderten von brennenden Augen auf ihn herab. Wenn er nur nicht beobachtet wurde, von Nachtgläsern belauert, die manche Männer in Hochhäusern angeblich dazu benutzten, schwer atmend das verborgene Leben anderer zu verfolgen.
Victor Klein blieb kurz stehen und warf einen Blick über die Schulter auf die drei Wohntürme, die auf einer Linie schräg hinter ihm lagen. Er schüttelte die geballte Faust in Richtung der erleuchteten Fenster und murmelte: »Seht euch vor! Booker und ich ertragen euch heute abend nicht, versteht ihr das?«
Langsam ging er weiter, setzte die Füße vorsichtig auf, um im Finstern nicht zu stolpern. In der Ferne surrte die Schnellstraße, ansonsten aber herrschte tödliche Stille ringsum. Er hörte lediglich das Rascheln seiner Schritte im Gras, das immer höher und derber wurde. Als er das andere Ufer des Teichs erreicht hatte, suchten seine Augen die Etage, in

der er wohnte. Bookers Grab mußte von dort aus genau im Blickfeld liegen. Er setzte den Trompetenkoffer ab, hockte sich hinter das Schilf, das bis zur Böschung wuchs, und schätzte noch einmal ab, ob er sich genau gegenüber von seinem Balkon befand. Zwischen den Schilfstengeln sah er seine dunkle Etage. Hier war die richtige Stelle. Er nahm das Messer aus seiner Tasche und stach in die Erde. Ein Modergeruch stieg auf, und er beschloß, einen Meter zurückzugehen. Er schnitt ein Viereck ins Gras und riß die oberste Schicht heraus. Dann begann er zu graben, stocherte den sumpfigen Boden mit dem Brotmesser los. Hinter dem Schilf hörte er leises Gezwitscher von ungehaltenen Wasservögeln. Er kniete sich hin und schuftete vornübergebeugt, bis er nur noch morastigen Brei zutage förderte. Die kleine Schaufel warf er nach einiger Zeit beiseite und grub mit den Händen weiter. Er stand auf und besah sich das Loch, tiefer brauchte es nicht zu sein. Auf der anderen Seite des Teichs fuhr ein Auto hupend weg, auf dem Rasen schlenderte ein Mann, der seinen Hund pfiff. Victor Klein duckte sich und wartete, bis der nächtliche Spaziergänger verschwunden war. Er wischte sich die Hände am Mantel ab, seine Finger schmerzten vom Graben. Er zog den Trompetenkoffer zu sich heran und probierte aus, ob die Grube groß genug war.
Sein Gärtnerauge hatte ihn nicht getäuscht.
»So, Booker, jetzt schneide ich dir noch ein paar Schilfstengel ab, das wird dein Bett, und ein paar lege ich dir auf den Sarg, ich will nämlich nicht, daß die Erde so schwer auf dich drückt. Liegst du gut,

lieber Kerl? Ich kann jetzt nicht mehr nachsehen, verstehst du das?«
Er schnitt ein Schilfbündel ab, legte es auf den Boden des Grabs und ließ den Trompetenkoffer hineingleiten. Die übriggebliebenen Schilfstengel brach er in der Mitte durch und warf sie auf den Deckel. Er strich ein Zündholz an und führte die Flamme an seine Uhr. Zweiundzwanzig Uhr sechsundfünfzig. Das mußte er sich merken. Der erste Tag ohne ein Wort von Booker war fast vorbei. Mit einemmal fegte er die Erde und den Schlamm mit einem Knurrlaut in die Grube und schlug unbeherrscht drauflos. Eine Scherbe drang in seine Handfläche, und er sprang fluchend auf. Mit der Kinderschaufel scharrte er die überschüssige Erde zusammen und warf sie in den Teich. Es durften keine Spuren bleiben. Die ausgeschnittene Grassode deckte Bookers Grab nahtlos zu. Als ob nichts gewesen wäre.
»Ich bleib noch ein bißchen bei dir sitzen«, sagte Victor Klein. Er hob das Gesicht und schaute in die mondlose Nacht. In den Wohntürmen jenseits des Teiches waren bereits viele Lichter erloschen. Er pfiff eine Melodie durch die Zähne, säuberte mit Spucke die Wunde an seiner schlammigen Hand.
»Du verpaßt nicht viel, Booker, es ist dunkel, und man sieht keinen einzigen Stern. Ich beneide dich sogar. Hier, wo ich noch bin, heißt es nur warten, von einem Tag zum nächsten. Vielleicht noch zwanzig Jahre oder fünfundzwanzig, wer weiß das schon. Und zum Schluß wird es mir nicht anders ergehen als dir. Ich gehe jetzt, Booker, ich bin müde,

mein Rücken und meine Hände tun weh. Es gibt nichts mehr zu sagen. Träum, Booker, träum.« Victor Klein hob das Messer und die Schaufel auf und ging nach Hause. Von Zeit zu Zeit sah er sich um, doch Bookers Grab war in der Finsternis verschwunden.

Er wartete am Lift. Aus dem Schacht hörte er Stimmen näher kommen. Die Tür flog auf, der Mann und die Frau, die heraustraten, blickten ihn bestürzt an.

»Was ist denn mit Ihnen passiert? Haben Sie einen Unfall gehabt?«

Er starrte auf den Schlamm, der in seine Kleider gedrungen war, auf das Brotmesser und die rote Kinderschaufel in seinen rußschwarzen Händen. Er lächelte.

»Nein, machen Sie sich bloß keine Gedanken. Ich habe gerade einen Freund beerdigt. Woanders, weit entfernt von hier. Unauffindbar. Guten Abend.« Er trat in den Lift.

»Also, der Kerl ist nicht ganz dicht«, hörte er die Frau sagen, »sollen wir nicht die Polizei benachrichtigen? Der läuft hier mitten in der Nacht mit einem Messer rum!«

»Misch dich nicht ein, wir wohnen hier ja nicht. Das gibt nichts als Scherereien, und was hast du davon?« Victor Klein lauschte lächelnd hinter der Tür. Als die Außentür dröhnend zuschlug, drückte er auf die Sieben und wurde quietschend nach oben befördert.

Chasing shadows

Victor Klein machte einen langen Spaziergang durchs Haarlemmerhout, in der Hand eine Einkaufstasche aus Papier, in der sich seine Trompete befand, eingewickelt in das Tuch, das früher Bookers Käfig bedeckt hatte. Es war ein angenehmer frühsommerlicher Morgen, ein kurzer Sprühregen verdunstete im Sonnenschein, der strahlend durch das lichtgrüne Laubdach fiel. Ringsum, von den nun wieder frischen Sträuchern am Weg, tropfte es noch.
Nach Bookers Tod hatte er seinem Leben Ruhe abgerungen. Im Badezimmerspiegel hatte er Abmachungen mit sich selbst getroffen, bei der Conn geschworen, daß Gemütsregungen nicht länger statthaft waren und für den Fall, daß sie ihn doch unverhofft ansprangen, geahndet würden. Zum Beispiel bei Anwandlungen von Selbstmitleid einen Tag lang keinen Gürtel tragen. Im Falle von Rachegefühlen gegenüber Elisa Bußübungen auf dem Balkon. Diese Strafe war nach Sonnenuntergang mit entblößter Brust zu verbüßen und beinhaltete, dreißig Minuten lang ununterbrochen nach Südwesten, in Elisas Richtung, zu lächeln.
Mit geballten Fäusten. Das Ignorieren der Strafmaßnahmen würde eine sofortige Lippenlähmung zur Folge haben. Der Balkonbußübung hatte er sich bereits einmal unterziehen müssen. Doch er hatte es vollbracht, mit tränenden Augen und fröstelnd im vom Meer kommenden Abendwind.

Sieh nur, Elisa, was ich ertragen kann, um mich gegen die aufsässige Ohnmacht in meinem Kopf zu schützen. Spürst du die Kälte, Elisa? Ich muß mich wehren. Schlaf gut, Frau, ich lächele dir mit in die Handflächen gebohrten Fingernägeln zu.
Sogar Kims telefonischen Ausbruch hatte er sich beherrscht angehört.
»Du hast versprochen, daß du Elisa anrufst, aber du tust es einfach nicht. Was bist du bloß für ein Sack! Ein Wunder, daß Elisa es so lange mit dir ausgehalten hat! Schließlich hast du eine Affäre in Norwegen gehabt, nicht Elisa. Verstehst du nicht, daß dadurch alles anders ist, daß Elisa jetzt zumindest irgendwas von dir erwartet?«
Schweigend hatte er die Verbindung unterbrochen und hatte sich in seinen Musikkäfig gesetzt. Er hatte es nicht über sich bringen können, ihr zu erzählen, daß er einige Wochen nach Bookers Tod eines Abends in desolatem Zustand nach Heemstede gefahren war. Vom Auto aus hatte er auf das Haus geschaut, den Garten, die Fenster. Ihm schlug das Herz im Halse, als habe er nach einer langen Reise durch die Zeit sein Haus wiedergefunden. Er wollte schon klein beigeben, stieg aus dem Auto, richtete sich auf – da entdeckte er, daß die Trauerbirke verschwunden war, mit Stumpf und Stiel aus der Erde gerissen. Er hatte die Zähne gefletscht und mehrmals nach dem Haus gebissen.
»Ich liebe dich, Trauerbirke«, das waren ihre Worte gewesen.
Einen Backstein durch die Scheibe, wo er schon mal hier war?

Nein, keine Tat mehr, kein Atemzug.
Die Hoffnung, daß am Ende alles wieder würde wie früher, war dahin. Zum erstenmal wurde ihm klar, für immer ohne Elisa weiterleben zu müssen. Von dem Moment an begann Victor Klein, sein Leben noch strenger zu ordnen. Die Sinnlosigkeit durfte ihn nicht in den Griff bekommen. Er würde standhalten. Er arbeitete mehr denn je zuvor, übte stundenlang auf seiner Trompete und suchte sogar die Außenwelt auf.
Jeden Morgen zog er zu Fuß los, um die Stadt zu erkunden und sich mit Leuten zu unterhalten, die wie er umherstreiften, auf einer Bank saßen und dem Verkehr zuschauten oder mit auf den Rücken gelegten Händen in den Himmel starrten. Er traf alte Leute, die mit einer dicken Zigarre im Mund über das Wetter sprachen und darüber, daß ihre Tage gezählt seien. Er mischte sich unter arbeitslose Männer seines Alters, die mit resignierten Altknabengesichtern durch die Straßen schlenderten, in der Sonne eine Zigarette rauchten und inmitten des allgemeinen Fortschritts auf der Stelle traten. »Weißt du, was?« hatte ein Mann auf der Houtbrug gesagt. »Du kannst genausogut nicht dasein. Wer legt denn schon Wert drauf, ob es mich gibt oder nicht, niemand – oder?«
Victor Klein hatte sich nachdenklich mit dem Pfeifenstiel an die Zähne getickt.
»Also, ich seh schon, mit meiner Frage kann ich eigentlich genausogut ins Wasser springen.« Der Mann war in die Grote Houtstraat weitergetrottet.

Die Beobachtungen auf der Straße und die für gewöhnlich saft- und kraftlosen Gespräche munterten Victor Klein auf, genauso wie er auch immer wieder neuen Mut schöpfte, wenn er sich Requiems, Stabat maters und Misereres anhörte. Nicht, daß er sich über anderer Leute Kummer gefreut hätte, aber es relativierte seine eigenen Lebensumstände. Schließlich hatte er gerade genug Aufträge, um bescheiden, aber unabhängig leben zu können, und er hatte seine Trompete, die er jeden Morgen, wenn er das Haus verließ, in der Papiertüte mitnahm. Sollte der Wohnturm eines Tages zerbersten oder in Flammen aufgehen, sein Traum würde nicht verbrennen.
Nein, es gab wirklich keinen Grund zum Verzweifeln.
Er schlenkerte seine Tasche wie ein Junge, atmete die Waldluft des Haarlemmerhout gierig ein und lauschte dem friedlichen Gezwitscher der Vögel in den Bäumen. Vogelgesang, das Rauschen des Meeres und das Säuseln des Windes waren für ihn aufgrund ihrer Zeitlosigkeit die tröstlichsten Geräusche auf Erden. Im Weitergehen pfiff er *How Deep is the Ocean*, wie er es daheim auf der Conn übte: c, c, h, c, e, e. Irving Berlin, 1932. Täuschte er sich oder hielten die Vögel den Atem an? Ja, wenn die wüßten, welche Melodien er mittlerweile im Musikkäfig erschallen ließ, zwar nur einfach geblasen und ohne Verzierungen oder Raffinement, aber immerhin deutlich erkennbar. Wie wär's mit *The Nearness of You* von Hoagy Carmichael und *Out of Nowhere* von John W. Green? Sogar Toon

Verhulst war aufgefallen, daß er Fortschritte machte, daß sein Ansatz sich verbesserte, obwohl der Lehrer nicht gerne hörte, daß er zu Unterhaltungsmusik aus der Vorkriegszeit übte. Etüden, und bis auf weiteres keine Leichtfertigkeit. Auf ihn warteten noch der kurze Vorschlag, das Portamento, der Triller, der Pralltriller, um nur einige Beispiele aus Arban, Band zwei, zu nennen. Das Stakkato, wie es damit stehe? An der Schildkrötenzunge müsse gearbeitet werden, nicht an diesem Gedudel von Anno dunnemals. Und warum er seine Trompete jetzt immer in einer Einkaufstasche herumschleppe, was denn um Himmels willen mit dem prächtigen Koffer passiert sei?

»Der ist zu Max Belling zurückgekehrt. Zu gegebener Zeit werde ich mir einen neuen Koffer bauen.«

»Also, dann mal los, Übung 17, Tempo di mazurka. Und pfeffrig. Los geht's! Gut so, eins, zwei, drei, weiter so! Die Sechzehntel kürzer, nicht so schlaff. Halt mal eben. Wieso Max Belling, der gute Mann ist doch schon lange tot?«

»Ich habe den Trompetenkoffer eines Abends begraben. Es war notwendig. Mehr möchte ich dazu nicht sagen.«

Toon Verhulst hatte ihn verblüfft angestarrt und die Stunde kopfschüttelnd fortgesetzt.

Victor Klein drehte sich um, auf dem Spazierweg näherte sich ein auf und ab federnder Reiter. Er trat zur Seite, der schwarzglänzende Pferdeleib, umklammert von braunen Reitstiefeln, donnerte mit dumpf dröhnenden Hufen an ihm vorbei.

»Haben wir wieder Krieg?« rief er. »Soll ich zum

Angriff blasen?« Der Reiter hob die Gerte und grüßte, ohne sich umzudrehen, wie ein Fürst.
»Dann eben *worteltje boven!*« schrie Victor Klein und reckte seine Einkaufstasche in die Höhe. Pferde rochen angenehm, früher standen sie vor der Schmiede seines Vaters angebunden und warteten auf den neuen Beschlag. Die samtenen Lippen, die kitzelnd das Zuckerstück von seiner ausgestreckten Hand nahmen. Daheim hatte er noch einen Hufnagel, den er zum Pfeifenauskratzen benützte. In der Ferne sah er Pferd und Reiter in die Sonne reiten, für einen Augenblick waren sie in einem überbelichteten Foto gefangen, dann verschwanden sie hinter den Baumstämmen. Victor Klein marschierte schräg in den Wald. Er dachte an die Sonntage, an denen er zwischen seinen Eltern im Wald spaziert war, einen Beutel mit Brot für die Hirsche an den Gürtel seines Regenmantels gebunden. Der breite Weg dorthin führte an einem versteinerten Engel vorbei, der sich über die Toten des Krieges beugte, vor denen sein Vater getreulich den Kopf neigte, und am vornehmen Pavillon Welgelegen entlang, den Ludwig Napoleon sich einst als Domizil erkoren hatte.
»Schau mal, da, hinter dem Hirschgehege, quer durch den Wald bis zum Wagenweg hatten die Moffen einen Panzergraben ausgehoben. Ich sag's dir! Und da lag die Kommandantur. Natternbrut.« Die Hand seines Vaters, der mit einer brennenden Zigarette zwischen den Fingern in den Wald zeigte. Zusammengekniffene Augen unter dem Sonntagshut. Erinnerte er sich bei seinem Vater an etwas

anderes als an Kriegsgeschichten, das Gefecht auf dem Grebbeberg, die Gefangenschaft, das Untertauchen? Die Vergangenheit der Stadt, die ihm wieder und wieder gezeigt wurde.

»Dort wohnten NSBler, wissen heute von nix mehr. Aber wir wissen's, was? Der Arzt da, der ging als SS-Mann an die Front, war früher übrigens ein sehr guter Fußballer. Von dieser Schule aus haben sie einen Verräter vom Fahrrad geschossen, und daraufhin haben die Moffen diese Häuser hier angezündet. Weißt du's jetzt? Nicht vergessen, hörst du?«

Ich weiß es, Vater, ich habe alles behalten. Deine Verstümmelung ist mir geblieben. Ich erforsche die Vergangenheit für dich, wie es damals war, als das Böse zu gären begann. Ich komme ihr nur keinen Schritt näher. Vielleicht weißt *du* jetzt die Antwort. Aber du bist mit Mutter in Nordfrankreich verbrannt, in dem Feuer, mit dem du unseren Lebensunterhalt verdientest. Noch *ein* Gespräch, Vater, ginge das?

»Los, Vic, bring den Hirschen deine Brotrinden. Nein, nicht selber essen, du närrischer Kasper.«

Seine Mutter, die nie vom Krieg sprach, fürsorglich war und warm, und mit fröhlichen dunklen Augen in die Welt sah.

Wegrennen zum Karussellpferd des Fotografen, der unter seinem schwarzen Tuch ein Reiterfoto machte mit dem Hirschgehege im Hintergrund. Wo mochte dieses Foto geblieben sein? Er saß mit ernstem Blick und angezogenen Zügeln auf dem Pferd, Vater und Mutter standen belustigt neben ihm. Vater, der grüßend den Hut lüpfte. Ja, so war es.

Als das Foto im Kasten war, hatte er das Pferd umarmt, seine Lippen an die mit feinen Haarrissen überzogenen Holzlippen gedrückt. Sein Vater setzte ihn sich schwungvoll auf die Schultern. Hü hott! Hü hott!
Zurück nach Hause. Vierzig Jahre her.
Weißt du's jetzt? Ja nicht vergessen, hörst du?
Victor Klein setzte sich auf eine Bank zwischen den Bäumen und sah auf die blühende Stille ringsum. War der Wald früher nicht viel größer gewesen? Warum schrumpfte alles, wenn man älter wurde? Er schloß die Augen und ließ sich die Sonne aufs Gesicht scheinen. Ein Flugzeug brummte friedlich am Himmel. Er schaute hoch, eine Reise ohne Ziel und ohne Koffer mußte er mal machen. Nur mit der Conn unter dem Arm. Es gab ja keinen Krummschnabel, keine Bindungen mehr, er brauchte sich um niemanden zu kümmern. Einsam? Zum Teufel mit deiner Einsamkeit! Wer sich über seinen Kummer erhebt, steht höher, so lautete eine deutsche Kalenderweisheit. Er ließ etwas Spucke aus dem Mund laufen und beugte sich vor. Das Bluten ließ nach in letzter Zeit, sehr beruhigend. Er gähnte, suchte in seiner Innentasche nach Laurens Brief, den er an diesem Morgen erhalten hatte. In dem Umschlag befand sich ein Blatt Luftpostpapier und die Fotokopie eines Zeitungsartikels.
Es gehe ihr gut, las er, sie habe einen jungen Architekten kennengelernt, mit dem sie inzwischen zusammengezogen sei. Von polnischer Abstammung, schüchtern, verständnisvoll, außerordentlich erfolgreich. Michael sei dabei, ihrer beider Traumhaus

zu entwerfen. Neulich seien sie von Vancouver nach Banff gefahren, quer durch die Rocky Mountains, hätten Bären und Elche gesehen, von einem Schneemobil aus die British Columbian Icefields angeschaut. Sie bleibe noch in Kanada, würde dort gern für immer leben. Heiratspläne. Elisa habe sie mittlerweile mal besucht. Warum er nicht auch mal komme? Sie hätten ein Zimmer für ihn mit Blick aufs Wasser. »Von mir aus kannst Du Booker mitbringen, solange Du bloß Deine Trompete zu Hause läßt. Lies mal den Bericht, damit kam Michael neulich an. Paß bloß auf, Paps, grüß alle. Kuß, Lauren. PS: Solltest Du nicht wissen, mit wem dieser Trompeter Ähnlichkeit hat, dann mußt Du Dich spaßeshalber mal vor den Spiegel stellen. Ich traute jedenfalls meinen Augen nicht. Alles Liebe, L.«
Er faltete die Kopie auseinander. Es dauerte ein paar Sekunden, bevor ihm die Bedeutung der schwarzen Großbuchstaben aufging.
»Musician's head explodes trying to hit a high note.«
Er spürte, wie sich ein Lachkrampf in ihm hochschraubte, und legte, um ihn zu ersticken, die Hand über den Mund.
»Ugo Solari, 43, spielte gerade das Ende von *The Impossible Dream* aus *The Man of La Mancha*, als sein Kopf plötzlich anschwoll und wie ein Luftballon platzte. Es war schrecklich, sagt Gilberto Franconi, der im Il Torquo Jazz Club von Treviso (Italien) in der ersten Reihe saß, als der Kopf des Trompeters platzte.«

Ein unbändiges Gelächter jagte die Vögel aus den Bäumen.
Die Gefahren, die Blechbläsern drohten, kannte er aus seiner Musikenzyklopädie unter dem Stichwort Berufskrankheiten. Dicke Unterschenkel und Füße, Blaufärbung der Lippen und des Gesichts, Hängewangen, Speichelüberproduktion. Abnutzung der oberen Schneidezähne, hornartige Auswüchse an den Lippen, der Schrecken des Lungenemphysems. Daß aber auch Schädelexplosionen möglich waren, machte ihn schlaff und wehrlos vor Lachen.
Ugo Solari, welche Note hast du denn in Gottes Namen so hoch geblasen, daß der Tod aufmerkte? Wußtest du denn nicht, daß der Tod immer schwanzwedelnd am Horizont liegt und mithört, du, der du den Morgenstern im Namen trägst?
Er hielt das grobgerasterte Paßfoto des Trompeters in die Sonne, strampelte mit den Füßen und rang brüllend vor Lachen nach Atem.
Dann mußt du dich spaßeshalber mal vor den Spiegel stellen.
Durch einen Tränenschleier sah er sein Ebenbild vor seinen Augen tanzen, derselbe Haaransatz, derselbe aggressive Mund, derselbe abgewandte ernste Blick.
Paß bloß auf, Paps!
»Nach Zeugenaussagen gab es laute Schreie und einen panischen Sturm auf die Ausgänge, nachdem das Publikum den Knall gehört und Blut aus Ugos Kopf spritzen gesehen hatte.«
Er bekam einen Hustenanfall und versuchte mit vorgebeugtem Oberkörper allmählich wieder Luft

zu bekommen. Hör auf, bring mich nicht mehr zum Lachen. Sonst stirbt ein Mann im Haarlemmerhout mit einer Todesnachricht in den Händen und einer Trompete in einer Papiertüte neben sich. Victor Klein stöhnte noch ein paarmal, steckte den Brief weg und hob einen kleinen Zweig vom Boden auf, den er sich zwischen die Zähne klemmte.
Du hast dich selbst aufgeblasen und in die Luft gejagt, Ugo Solari. Mit *einer* geheimnisvollen, unerreichbaren Note, wie ein Feuerwerkskörper in der Dunkelheit zerstoben. In diesem silbernen Sternenregen, der nur einen Augenblick lang funkelte, ist sicher dein ganzes Leben noch einmal an dir vorübergezogen. Hat es sich gelohnt? Sind wenigstens alle deine Fragen beantwortet? Wer wacht jetzt über deine Trompete, Ugo Solari? Ich würde das ja gern übernehmen, nicht zuletzt, weil wir uns auf so beklemmende Weise ähnlich sehen. Aber ich muß mich schon um die Conn von Max Belling kümmern, verstehst du. Ich werde dich auf dem Campo sancto in meinem Kopf beisetzen, neben all den anderen, die ich gehört habe. Du hast es verdient.
Er spuckte den kleinen Zweig aus und sah auf. Zwischen den Bäumen stand eine rothaarige Frau in schwarzem Lackmantel und lächelte ihn an. Victor Klein erstarrte und schlug die Beine übereinander. Wie lange hatte sie ihn bereits beobachtet?
»*Sie* hatten ja vielleicht einen Spaß«, rief sie ihm zu.
Sie kam näher.
»Man hätte meinen können, gleich ist es um Sie geschehen.«

Ihr Schatten berührte ihn.
Graue belustigte Augen in einem blassen sommersprossigen Gesicht, wohlgeformte glänzende Lippen. In der Hand ein angebissenes Stück Rosinenbrot. Victor Klein hüstelte und lächelte zurück.
»Komischer Anblick, ein so fröhlicher Mann im Wald. Das sieht man nicht oft. Darf ich mich einen Augenblick hinsetzen?«
»Aber natürlich, ich muß sowieso gleich gehen.« Er nahm die Einkaufstasche auf den Schoß und machte etwas Platz.
»Ich vertreibe Sie doch hoffentlich nicht? Ich muß ohnehin gleich wieder ins Büro, die Mittagspause ist nur eine halbe Stunde lang, gerade genug, um mal etwas frische Luft zu schnappen. Möchten Sie ein Stück Rosinenbrot?«
Sie öffnete knisternd ein Silberfolienpaket.
Morgenhände, dachte er, wahrscheinlich mit Morgenhänden geschnitten, mit Butter bestrichen und eingepackt. Er zögerte einen Moment, obwohl er hungrig war und die Frau sehr appetitlich aussah. Sie roch sogar angenehm. Aber vielleicht hatte sie ja einen alten Wattepfropfen im Ohr, den er nicht sehen konnte.
»Nein, heute kein Rosinenbrot, Mevrouw, vielleicht ein andermal.«
»Das müssen Sie selbst wissen, alle Dinge sind einmalig. Könnte gut sein, daß ich keine Lust habe, mit Ihnen zu reden, wenn ich Sie das nächste Mal sehe. Oder sogar, daß ich Sie nie wieder sehe. Oder, daß ich dann kein Rosinenbrot dabeihabe oder Ihnen nichts abgeben will.«

Sie nahm einen Bissen und sah ihn herausfordernd an.
Wie schön sie aß, mit vornehmen Mundbewegungen.
»Wie spät ist es, wissen Sie das?«
»Fast halb zwei«, sagte Victor Klein, obwohl er gesehen hatte, daß es schon zehn Minuten später war. Er hoffte, die Frau würde noch etwas bei ihm sitzen bleiben. Vielleicht könnte er ja Freundschaft mit ihr schließen, dann hätte er wieder eine Frau, die er von Zeit zu Zeit hochheben könnte. Sie war bestimmt nicht schwerer als Elisa, übrigens auch nicht viel jünger. Elisa kam ja doch nicht mehr zurück. Dann eben fort mit ihr! Elisa, ich möchte mich jetzt scheiden lassen. Ich habe mich im Haarlemmerhout mit einer Frau verlobt, deren Namen ich zwar nicht kenne, aber das kommt schon noch. Sie ist zart gebaut, hat Sommersprossen, rote Haare und ist mir sehr zugetan mit Rosinenbrot und lachenden Augen. Ich wünsche dir einen unvergeßlichen Lebensabend.
»Worüber schmunzeln Sie denn jetzt schon wieder? Was ist denn so lustig?«
»Ich dachte daran, mich mit Ihnen zu verloben. Eine Waldverlobung.«
Die Milde in ihrem Gesicht machte ihn verlegen.
»Entzückende Idee«, sagte sie warm, »ich werde es meinem Mann vorschlagen. Vielleicht erlaubt er es uns ja. Wie heißen Sie eigentlich?«
»Victor, Victor Solari.«
»Versuch ich mir zu merken«, sagte sie, »aber jetzt muß ich wirklich zurück an die Arbeit. Tschüs.«

Er erhob sich und gab ihr die Hand.
Sie ging und drehte sich nicht mehr um.
»Und wie heißen Sie?« rief er ihr nach.
»Sag ich nicht!«
Er hörte, wie ihr girrendes Lachen langsam verklang, bis nur noch das Singen der Vögel übrigblieb.

Victor Klein saß im Unterhemd auf dem Balkon, im Dunkel einer schwülen Sommernacht geborgen. Neben ihm auf einem Badehandtuch lag seine Conn, frisch geölt und gewienert. An den Geländerstäben hatte er Elisas Karte mit der neuen Adresse so aufgehängt, daß, wann immer er nach Südwesten schaute, die liederliche Postsache den Blick auf Heemstede verdeckte. Hinter der Karte standen ihre gepackten Koffer bereit, schlief sie zum letztenmal in dem Bett, das sie miteinander geteilt hatten, zog sie in wenigen Stunden die Haustür hinter sich zu.
Er nahm einen Schluck aus einem Glas mit kaltem Tee und kaute auf den Sonnenblumenkernen herum, die Booker gehört hatten. In der Dunkelheit der geöffneten Balkontür flüsterte das *Requiem* von Fauré. Er summte leise das *Lux aeterna* mit, drückte sein Gesicht gegen die Geländerstäbe und schaute zum blinkenden Flughafen in der Ferne.
Morgen flog er mit seiner Trompete nach Berlin, er hatte voll boshafter Freude dafür gesorgt, daß seine Abreise mit Elisas Umzug zusammenfiel. Sollte sie morgen in einem Anflug von Wehmut noch Abschied nehmen wollen, so befand er sich unter dem

Brandenburger Tor oder aß Kuchen bei Möhring auf dem Kurfürstendamm.
Eine Modezeitschrift hatte ihn gebeten, dreihundert Zeilen über die Veränderung der Stadt nach dem Abriß der Mauer zu schreiben. Seine Eindrücke sollten einer Fotoserie von Mannequins in Wintermode etwas Kontur geben. Das wäre, so die Chefredakteurin, doch eine spannende Gegenüberstellung, die Beschreibung eines Sommers im neuen Deutschland, und als Kontrast das winterliche Modebild des alten Europas. Ob er dieser Idee etwas abgewinnen könne.
Die Chefredakteurin unterstrich ihre Gedanken in einem fort mit in die Luft gemalten Anführungszeichen, wobei ihre goldenen Armreifen klimpernd an den tiefgebräunten Armen heruntterglitten.
Worte tiefster Verachtung lagen ihm auf den Lippen, aber in Gedanken an die Nachforschungen, die er zur Geschichte seiner Conn anstellen wollte, hatte er anders gesprochen.
»Mevrouw, wirklich frappant! Das erinnert ja schon fast an Vivaldi, wie Sie die Jahreszeiten in Ihre Konzeption einbeziehen. Ein meisterhafter Ansatz. Ich betrachte es als große Ehre, von Ihnen dorthin geschickt zu werden.« Zu Hause hatte er zum soundsovielten Mal die Telefonnummer von Winfried Fröhlich gewählt, die er aus Berlin erhalten hatte, und gerade, als er entmutigt wieder auflegen wollte, meldete sich eine dunkle, schleppende Stimme mit unverkennbar Berliner Tonfall: Ja, ja, sein Vater habe seinerzeit ein Panoptikum besessen, was damit sei? Trompete, was für eine Trompete? Er sei

gerade von einem Aufenthalt auf Ibiza zurückgekehrt, er habe keine Ahnung, worum es gehe. Ach so, *die* Trompete! Wirklich? Nicht zu glauben, nach all den Jahren. Die habe sein Vater bei Kriegsende gegen eine Taschenuhr getauscht. Damals, als die Götter noch jung waren. Die Uhr habe er noch immer, aber sie gehe nicht mehr. Natürlich, Holländer seien immer willkommen, er habe viele Freunde in Amsterdam. Vielleicht könnten sie sich am besten im »Day and Night« treffen, in der Nestorstraße. Ja, genau, Ku'damm, hinter dem Adenauerplatz. Immer so gegen zehn, elf Uhr. Da trete er abends zwar auf, aber es gebe bestimmt Gelegenheit, zwischen den Auftritten miteinander zu sprechen und sich eventuell noch für später zu verabreden. Er freue sich auf das Treffen, jetzt habe er aber keine Zeit, er müsse noch dringend zur Bank. Tschüs!

Er war gespannt auf Berlin. Auf das, was Winfried Fröhlich über das Instrument erzählen würde, das den Namen Max Belling trug, als habe davor niemand anders darauf gespielt.

Morgen, wenn Elisa für immer fort war, würde er in die Vergangenheit eintauchen. Er kannte Berlin, war noch zu Mauerzeiten mehrere Male da gewesen. Der Krieg schien dort lediglich innegehalten zu haben, nie richtig beendet worden zu sein. Wachtürme, Suchscheinwerfer, Stacheldraht, Maschinengewehre, Ferngläser, Minen und angekettete Wachhunde. Ein Schild, das über die Mauer ragte: *Wer uns angreift wird vernichtet.* Das war jetzt vorbei. Deutschland einig Vaterland, die Euphorie einer schwierigen Verbrüderung. Er erinnerte sich

an den Bau der Mauer, am 13. August 1961, dem Geburtstag seiner Mutter. Ein seidenes Halstuch hatte er für sie gekauft, bedruckt mit Muscheln und Seesternen. Abends wurde im Wohnzimmer über die alarmierenden Maurerarbeiten des Arbeiter- und Bauernstaates erhitzt diskutiert. Sein Vater hatte sich außerordentlich zufrieden gezeigt und mit einem erhobenen Glas Johannisbeerschnaps um Gehör gebeten.
»Ich hab ja schon immer gesagt, daß dreizehn eine Glückszahl ist. Jetzt haben die Moffen sich gegenseitig am Wickel. Es ist nämlich völlig egal, ob sie mit der geballten Faust rumrennen oder mit dem gestreckten rechten Arm. Auf daß wir das noch lange miterleben dürfen und sie bis in alle Ewigkeit weitermauern! Ich würde sagen: Leute, zieht an unserer Grenze am besten auch so 'ne Mauer hoch, dann hören und sehen wir euch wenigstens nicht mehr.«
Das *Requiem* verstummte.
Victor Klein ließ den Blick über die schlafende Stadt wandern, die Hitze des zu Ende gegangenen Tages wollte einfach nicht weichen. Sogar der Beton unter seinen nackten Füßen fühlte sich noch lauwarm an. Er sehnte sich nach einem Gewitter, doch der Mond leuchtete nackt und reglos auf den Teich. Er sah unter der Adreßänderungskarte hindurch auf das nachtblaue Schilfbüschel am anderen Ufer und tickte vorsichtig mit dem Teeglas an die Geländerstäbe.
Ahoi, Booker, hörst du mich? Störe ich? Ich kann noch nicht schlafen. Weißt du schon, daß Elisa die

Stadt für immer verläßt? Hier hängt die Benachrichtigung, in Pfauenblau geschrieben. Einfach so, als gäbe es dich und mich nicht, als hätte es uns nie gegeben. Findest du das in Ordnung? Ich finde, nicht. Merkwürdige Frau, nicht wahr? Schickt eine Adreßänderungskarte mit der handschriftlichen Mitteilung, das Haus in Heemstede sei für ein Jahr möbliert an einen japanischen Geschäftsmann vermietet. Unterschrieben mit Elisa Klein. Wie findest du das? Als ob Elisa nicht gereicht hätte. Nein, Klein dahinter, ich könnte sie sonst womöglich verwechseln. Morgen zieht sie nach Noordwijk um, Booker. Sie verläßt uns wirklich. Eher könnte ich mich mit ihrem Tod aussöhnen, aber das darfst du nie jemandem erzählen. Glücklicherweise fahre ich morgen auch weg, nur für ein paar Tage. Sonst hätte die Verzweiflung mich niedergemäht. Warum zieht kein Gewitter auf? Ein einziger Blitzstrahl, der sie mitten ins Herz trifft, würde schon reichen. Er zog die Beine an, starrte auf die Sonnenblumenkerne, die an seiner Handfläche klebten.
Du kannst jedenfalls von Glück sagen, daß du tot bist, Booker. Aber ich lebe noch. Darum habe ich manchmal Angst vor den Zeiten, die mir noch bevorstehen. Vor der unermeßlichen Leere, die sich vor mir erstreckt und die in der Dunkelheit so gnadenlos sichtbar wird. Kannst du das verstehen? Habe ich denn alles falsch gemacht, was meinst du? Alles? Warum sagst du nichts? Hast du Käfer im Mund? Könntest du doch auf meine Schulter klettern, nur für ein paar Minuten. Um lauthals Elisas Namen zu schreien, deinen gefiederten Kopf an

meine Wange zu legen und von den Zeiten zu sprechen, die vorbeigehen. Soll ich zu dir hinunterspringen, mich zu dir in Max Bellings samtenen Trompetenkoffer legen? Soll ich? Fängst du mich dann auch mit deinen kühlen Flügeln auf? Hier ist es so warm, Booker. Ach was, dachtest du, ich heule? Die paar Tränen, das nenne ich noch nicht Heulen. Ich muß schon sagen, du bist sehr sentimental geworden, seit du dein eigenes Leben lebst. Schau, die Tränen sind schon weg. Schlaf nur, Booker, wir müssen jetzt nicht weiterreden. Victor Klein schleckte die letzten Sonnenblumenkerne auf, biß sie zwischen den Schneidezähnen entzwei. Er nahm die Trompete auf den Schoß und drückte die Ventile, die zu den Noten von *The Unanswered Question* gehörten. Er kannte die Griffe, konnte die fragende Melodie mit ihrer schwierigen Lippenbindung aber noch immer nicht flüssig spielen.

Durch die still gewordene Nacht trieb der verlassene Schall einer Kirchenglocke.

Er legte das Instrument hin, zog sein Feuerzeug hervor und hielt die orange Flamme unter Elisas Karte. Das Papier begann zu schwelen, krümmte sich und fiel in zwei brennenden Hälften herunter.

Er sah Heemstede und lächelte versteinert.

Keine Tränen, ganz bestimmt keine Tränen.

Verszeilen von Albert Vigoleis Thelen kamen ihm in den Sinn:

Eine kleine Melancholie steigt mir in die Augen.
Bis zur Träne kommt es nie
– weinen können wohl nur die,
die zum Leben taugen.

Victor Klein erhob sich, nahm das Badehandtuch und seine Trompete und ging hinein. In der Zimmermitte blieb er plötzlich stehen. Zwischen Eck- und Schneidezahn fühlte er das störende schlaffe Häutchen eines Sonnenblumenkerns. Er fuhr mit der Zunge darüber, produzierte Schmatz- und Sauggeräusche, fummelte mit dem Nagel seines kleinen Fingers daran herum, preßte Luft und Speichel hervor, stocherte mit den anderen Fingern im Mund.
Es war, als stoße jemand seinen glühenden Atem über ihn aus. Der Zahn, den er zwischen Daumen- und Zeigefingerspitze betastete, ließ sich langsam hin und her bewegen.

Er träumte von einer Frau und einem Mann, die in Sommerkleidern aus der Vorkriegszeit an der Mauer entlangspazierten. Als er näher kam, sah er, daß es Elisa und ein Japaner waren. Er freute sich, aber sie erkannte ihn nicht. Elisa trug einen Pergamenthut, eine kleine schwarze Sonnenbrille und lange Handschuhe, die ihre nackten Arme bis zum Ellbogen bedeckten.
Was hatte sie in dieser Leere zu suchen?
Geh doch nach Hause, Elisa, alle Türen stehen noch weit offen!
Der Japaner zeigte ihr ein Elfenbeinhorn und kletterte auf ihre Schultern. Er blies ein Stakkatosignal über die Mauer hinweg und deutete auf die dichtverschneite Rückseite des Reichstagsgebäudes. Schwarz, weiß und grau, wie eine Aufnahme aus dem Krieg.

Schnee, heute Schnee?
Ich werde Ihnen sagen, warum dieser Schnee so warm ist, darunter liegt Asche. Sie dürfen hier nichts anfassen. Der Japaner lachte triumphierend und schnallte sich das Horn mit einem Lederband an die Taille.
Wer bestimmte hier, was angefaßt wurde? Und warum stand der Mann auf seiner Frau und blies und redete? Das mußte gerächt werden. Er schlug nach dem Reichstagsgebäude. Elisa stöhnte, er sah ihr ängstliches Gesicht, das zwischen den hohen Schnürschuhen des Japaners eingeklemmt war. Er riß Elisa los und stürzte sich auf den herunterfallenden Männerkörper.
Lauf, Frau, lauf!
Elisa drehte sich um und zeigte auf das Reichstagsgebäude. Aus dem kuppellosen Dach quoll Asche auf, der Schnee glitt in dicken Packen herunter und kroch langsam auf ihn zu.
Ich darf nicht loslassen, Elisa, ich darf nicht. Dann bin ich verloren, verstehst du?
Er fühlte den warmen Schnee in seinen Mund dringen. Sein Körper zuckte, und er öffnete die Augen. Er lag versunken in der zerknitterten Landschaft seines weißen Daunenbetts. Aus seinem Mund war blutiger Speichel getropft.
Er war auf dem Bauch liegend eingeschlafen, noch angezogen, alle viere von sich gestreckt. Auf dem Flur hörte er eine Frau und einen Mann mit harten deutschen Stimmen sprechen und lachen und danach eine zuknallende Tür. Er hob den Kopf und blickte verwirrt um sich. War es schon Morgen oder

immer noch Abend? Es war doch kein Tag ohne seine Zustimmung vergangen? Er spähte unter dem Arm hindurch zum Fenster und blinzelte. Rotes Abendsonnenlicht fiel tief in das Hotelzimmer und streifte sein Gesicht. Richtig, es war noch immer der Tag seiner Ankunft. Und der von Elisas Auszug.

Er gähnte über dem feuchten blassen Blutfleck auf dem Bettbezug. Gleich wieder mit Kamille spülen und versuchen, den peinlichen Fleck mit etwas kaltem Wasser zu entfernen. Sonst mußte er eine Notiz für das Zimmermädchen dalassen, daß es sich nicht etwa um eine eklige Wunde handele, die ansteckender Natur sei, sondern um einen echten Trompeterabdruck, der auf übermäßiges Üben verflixt schwieriger Melodien hindeutete.

Es war fast acht auf seiner Bulova, er hatte nicht länger als eine halbe Stunde geschlafen. Er wälzte sich auf den Rücken und sprang federnd aus dem Bett. Heute abend wollte er Winfried Fröhlich sprechen, ihn nach Dingen fragen, die ein halbes Jahrhundert zurücklagen.

Auf dem schmalen Palisanderschreibtisch lag seine Trompete. Er beugte sich vor, berührte den kalten Schallbecher mit der Stirn.

Hier, in dieser Stadt, hat Max Belling dich erstanden. Wo aber bist du erklungen? Das darf ich doch wohl wissen? Ich habe dich im Verdacht, daß es im Unterhaltungsbereich war. In jener Zeit herrschte bekanntlich viel Frohsinn, unbegreiflicher Frohsinn. Das Böse trug eine Pappnase und heruntergerutschte Hosenträger.

Du mußt das wissen, du warst hier. Wie war das bloß möglich? Weil wir gräßlich sind, glaubst du? Unberechenbar und gleichgültig? Wie die Sterne und der Sturm?
Victor Klein richtete sich auf, legte die Finger auf die Ventile und sah in den fächerförmigen Jugendstilspiegel, der über der Conn hing.
Warst du womöglich beim Varieté im »Wintergarten«? Im »Delphi«, wo die Soldaten tanzten? Oder warst du bei UFA-Filmen im großen Orchester? »Große Freiheit Nr. 7« aus dem Jahr 1944, sagt dir das was? Der Seemann Hannes, der ruft »Gib mal die Trompete her« und dann ein Solo bläst in *Beim ersten Mal, da tut's noch weh.* Warst du das damals?
Er hob seine Lippe an. Dieser Zahn, dieser wacklige Zahn. Bloß nicht dran rühren, vielleicht kam ja wieder alles in Ordnung. Vorläufig lieber nicht üben. Aus der Minibar nahm er ein Fläschchen Mineralwasser, das er vor dem Fenster durstig austrank. In der Ferne konnte er gerade noch die Überreste des bombardierten Anhalter Bahnhofs erkennen. Nach seiner Ankunft im Hotel war er sofort in die sommerlich wimmelnde Stadt gezogen, von West nach Ost, von der Glienicker Brücke zur Friedrichstraße, bis zum Prenzlauer Berg.
Kein verächtlicher Ton und keine Warterei mehr in kahlen Baracken für den Erhalt eines Stempels, der es einem erlaubte, gegen eine erzwungene Gebühr die sozialistischen Alleen zu betreten. Wo waren übrigens diese lebensgefährlichen Machtphilister geblieben? Saßen die jetzt, in Jeans verkleidet, freundlich nickend neben ihm im Stadtbus, den

Schoß voller Luxusartikel? Er mußte an Brackwasser denken, verschiedenartige Meere, die ineinandergeflossen waren. Das karge, wie ausgelaugte Straßenbild des ehemaligen Ost-Berlin, bei dessen Anblick ihm immer Gedanken an den Krieg gekommen waren, hatte sich in den satten Farben der gierig angeschafften Westautos und der allgegenwärtigen Zigarettenreklame aufgelöst.
Was ihn überrascht hatte, war die gewaltige Ausdehnung der Stadt, jetzt, da die Mauer mit ihren Grenzübergängen nicht mehr existierte. Die Spuren waren bereits beseitigt, die Steine verstreut. Die Mauerbrocken lagen hinter dem Reichstag und am Brandenburger Tor an kleinen Ständen zum Verkauf aus, genauso wie die Mützen, Koppel, Rangabzeichen, Hemden, Uniformen, Helme, Fahnen und Stiefel der zusammengebrochenen Ordnung.
Dieselben Stiefel, die vor gar nicht so langer Zeit an der Neuen Wache gestanden hatten, dem zum Mahnmal gegen Faschismus und Militarismus erklärten Tempel des Berliner Baumeisters Karl Friedrich Schinkel aus dem neunzehnten Jahrhundert. Während des Wachwechsels waren die Stiefel im preußischen Stechschritt vorbeimarschiert, zakkig hochgeworfen und mit solcher Kraft aufgesetzt, daß die Gehwegplatten erzitterten. Diese gnadenlosen Stiefel kosteten nur noch dreißig Mark. Vielleicht nett für Kim, wenn sie zeitgemäß ausgehen wollte. Aber er hatte keine Lust, mit einem Paar Stiefel durch die Stadt zu laufen.
In der Buchhandlung Unter den Linden, die er von früheren Besuchen her kannte, waren die Werke

von Marx, Engels und Lenin weggeräumt und zu verachtenswertem Papier erklärt worden. Er fand noch eine DDR-Ausgabe des »Großen Duden«. »Es ist die letzte Ausgabe, die noch erschienen ist, von 1985«, sagte die junge Verkäuferin, »das Wort Meinungsfreiheit steht nicht drin. Das brauchen Sie also gar nicht erst zu suchen. Westgeld übrigens auch nicht. Von Stasi ganz zu schweigen. Das alles gab es nicht bei uns.«

Am Opernplatz, gegenüber der stillgelegten Neuen Wache, war er stehengeblieben. Hier war 1933 ein Teil der deutschen Literatur ins Feuer geflogen. Die Hände auf die Oberschenkel gestützt, hatte er auf das graue Pflaster gestarrt, als habe er etwas verloren, und mit einemmal war ihm bewußt geworden, daß die Vergangenheit durch den Fall der Mauer weiter in die Ferne gerückt war. Eine neue, noch frische Vergangenheit überlagerte die alte, diesmal mit deutschen Opfern, die lauthals die Stimme erhoben. Der Krieg, den sein Vater so lebendig in ihm hinterlassen hatte, schien zum erstenmal weit zurückzuliegen.

Nachdem er am Alexanderplatz weiche Speisen zu sich genommen hatte, um seinen Zahn zu schonen, eine Schale Rote Grütze und ein Stück Herrentorte, war er langsam zu seinem Hotel zurückgegangen. Nicht weit davon entfernt kam er an einer Brandmauer vorbei, auf die jemand die Worte »Ausländer raus=Rausländer« in triefenden schwarzen Buchstaben geschmiert hatte. Auf der unkrautbewachsenen Einfahrt davor waren drei Türken dabei, an einem farblosen Transitbus einen Reifen zu wechseln.

Victor Klein nahm eine Dusche, spülte seinen Mund ausgiebig mit Kamille und zog ein sauberes Polohemd an. Er ging zum Schreibtisch und nahm die Conn in die Hand. Sollte die Trompete ihn auf seinem Besuch bei Winfried Fröhlich begleiten? Was, wenn dieser das Instrument seines verstorbenen Vaters plötzlich mit sentimentalen Worten zurückforderte? An der Trompete zerrte? Victor Klein wickelte die Conn in Bookers Tuch, legte sie in seine Reisetasche und schob diese weit unter das Bett. So, und jetzt bloß nicht an Feuersbrünste und Erdbeben denken. Er griff nach seinem Jackett und löschte das Licht im Bad. Heute abend war eine ernsthafte Untersuchung fällig.
Vor dem Hotel zündete er sich seine Pfeife an, wartete auf ein Taxi und ließ sich an der Gedächtniskirche absetzen. In einer noch geöffneten Buchhandlung stöberte er eine Weile herum und fand ein Buch, das er haben wollte: »The Wonderful Era of the Great Dance Bands«, mit seltenen Fotos von amerikanischen Bands aus den dreißiger und vierziger Jahren. Er spazierte den hellerleuchteten Kurfürstendamm hinunter. Sein Magen fühlte sich flau an, und er kaufte sich an einer Imbißbude eine Currywurst. Behutsam kauend betrachtete er die in Neon getauchte Amüsiermeile, die vollbesetzten Straßencafés unter dem violettblau geäderten Abendhimmel.
Plötzlich stieg ihm der Duft von White Linen in die Nase, süß, unverdorben. Jähe Freude durchfuhr ihn. Nicht umdrehen, nicht gleich umdrehen. Sie konnte es ja nicht sein. Oder war sie ihm vielleicht doch

auf geheimnisvolle Weise nachgereist, war sie ihm gefolgt, barfüßig, so daß er ihre Schritte nicht gehört hatte? Laß es wahr sein. Alsdann.
Er drehte sich um, ihren Namen im Mund. Er lächelte wehmütig den eleganten Rücken zweier untergehakter Frauen nach, die von ihm wegschlenderten.
In einer Schaufensterscheibe, hinter der elektronische Geräte ausgestellt waren, sah er sein eigenes Spiegelbild, die angebissene Wurst in der einen Hand, das Buch in der anderen. Ein Penner, er bekam die hageren Gesichtszüge eines Penners. Das graue Haar, zu lang. Wie ein Zeichenlehrer. Berlin schwirrte durch die Auslage und durch ihn, als ob er nicht da wäre. Er hatte Sehnsucht nach Haarlem, nach dem Meer, nach seiner Verschanzung im Wohnturm. Nach den Träumen mit der Conn in der Geborgenheit seines Musikkäfigs. Zwischen seinen Augen blinkte die rote Digitalanzeige eines im Preis herabgesetzten Weckers. Er sah auf seine Armbanduhr, es war halb elf im Zweiten Weltkrieg.
Das Haus in der Nestorstraße stand finster da, die Fenster waren verdunkelt. Das einzige Licht kam von der Klingel über einem vergoldeten Namensschild in Form einer Palette: Day and Night.
Hoffentlich kein Sündenpfuhl, dachte er. In welcher Eigenschaft würde Winfried Fröhlich hier bloß auftreten? Er wischte sich über die Mundwinkel und klingelte. Im blauen Licht, das die Türöffnung füllte, erschien eine riesige Frau in einer mattglänzenden Abendrobe.

»Na, junger Mann? Wo kommst du denn her?« Eine tiefe, höhnische Stimme. Große geschminkte Lippen, breite Handgelenke. »Die Mutti nicht dabei?« Victor Klein erstarrte, musterte die Frau streng, bis ihm plötzlich aufging, daß er dabei war, Berlins verwirrende Travestie-Welt zu betreten. Im Hintergrund hörte er eine umflorte Stimme *Parlez-moi d'amour* singen.

Er trat über die Schwelle, fragte nach Winfried Fröhlich, sagte, er komme aus Holland und werde erwartet.

Der Damenmann schloß die Tür, feuchtete einen Finger an und fuhr sich damit geziert über die hochgezogene Augenbraue.

»Den ganzen Weg zu Fuß?«

»Nein, im Panzer.«

»Ach, ein lustiger Krieger! Und wie heißt du?«

»Victor Klein.«

»Hmmm, Victor! So heißt bei uns so mancher Hengst. Dann komm mal mit, Victor.«

Sie schob die Plüschvorhänge beiseite, und er stand in einem rauchigen, verwelkten Wohnzimmer mit gelblicher Brokattapete und schiefhängenden Schirmlampen aus der Vorkriegszeit. Eine Gesellschaft von Frauen und Männern trank an kleinen runden Tischen Champagner und lauschte andächtig einer giftgrün gekleideten jungen Chansonniere mit traurigen dunklen Augen unter einer schwarzen Pola-Negri-Frisur. Nur der Adamsapfel an ihrem bebenden Hals verriet, daß sie ein Mann war. Der ältere Pianist schräg hinter ihr trug einen Frack und einen messerscharfen Mittelscheitel im

Brillantinehaar. Victor Klein erwiderte höflich das Nicken, das der Begleiter beim Spielen in seine Richtung schickte.

War das vielleicht Winfried Fröhlich? Dieses Hornbrillengestell! Circus Nostalgia, dachte Victor Klein und wollte sich setzen. Doch er spürte eine ungeduldige Hand auf der seinen und wurde an der Bar vorbei in einen Flur geführt.

»Winniefred, Liebes, hier ist ein Herr aus Holland für dich.« Der Damenmann hauchte ihm im Vorbeigehen einen Handkuß zu.

In einer engen Garderobe saß ein fülliger Mann mit bereits stark gelichtetem Haar und malte sich die Lippen an. Er trug ein locker fallendes hochgeschlossenes schwarzes Paillettengewand, das beim Aufstehen raschelte.

Der argwöhnische Blick in den geschminkten braunen Augen legte sich, als Victor Klein ihn verlegen und einigermaßen unbehaglich an ihr Telefongespräch erinnerte, an den Anlaß seines Besuchs.

»Ach ja, nehmen Sie Platz. Als Sie anriefen, war ich gerade aus dem Urlaub zurückgekommen. Sie haben nichts dagegen, wenn ich inzwischen weitermache? Ich muß gleich auf die Bühne. Sie sind etwas überrascht, nehme ich an, nicht? Daß der Onkel eine Tante ist. Macht doch nichts. Mögen Sie Zarah Leander? Wußten Sie, daß sie sogar in Holland war? Noch Anfang der siebziger Jahre trat sie, wenn ich mich nicht irre, im Amsterdamer Concertgebouw auf. Aber da war ihre Stimme längst nur noch Schall und Rauch. Wie sie selbst – mittlerweile schon an die zehn Jahre.« Victor Klein dachte

nervös nach, ob er seinen Gastgeber mit Herr oder Frau Fröhlich ansprechen sollte. Wie waren die Gepflogenheiten in diesen Kreisen?
Winfried Fröhlich griff nach einer kastanienfarbenen Perücke auf dem Schminktisch und zog sie sich behutsam über den sonnengebräunten Schädel.
»Ach ja, Schatten der Vergangenheit«, seufzte er im Spiegel. »Schatten der Vergangenheit.« Mit der Spitze eines Metallkamms schob er geschickt ein paar Locken auf der Stirn zurecht. »So, Tante Zarah nimmt Form an. Und was machen Sie? Ich bin übrigens immer noch baff, daß Sie schließlich bei mir gelandet sind. Sie schreiben für Zeitungen und sind Musiker?«
»In erster Linie lernender Musiker, die Trompete Ihres Vaters ist umständehalber seit kurzem meine Lebensgefährtin. Darum wüßte ich gern mehr über ihre Vergangenheit.«
»Mein Gott, wie ist das bloß möglich, nach so langer Zeit. Haben Sie sie dabei?« fragte Winfried Fröhlich, während er sich zum Spiegel vorbeugte und mit halbgeöffnetem Mund eine Wimpernreihe an den Lidrand klebte. »Die würde ich gern mal wiedersehen, ich kann sie mir gar nicht mehr vorstellen.«
»Nein, hab ich im Hotel gelassen. Ich wußte ja nicht, ob Sie dasein würden. Aber ich würde Ihnen das gerne schenken.« Er legte das Buch über die Geschichte der amerikanischen Tanzorchester auf den Schminktisch.
Aus dem Zimmer drang Applaus und herzliches Gelächter. Eine ordinäre Kreischstimme legte eine Conférence hin.

Victor Klein beobachtete die rotlackierten Nägel, während sie über die Seiten glitten. Er schaute verstohlen auf das geschminkte Gesicht des Mannes ihm gegenüber, das, vielleicht wegen des Fehlens der einen Wimpernreihe, eine eigenartige, geheimnisvolle Schönheit ausstrahlte.
»Ein wunderbares Geschenk, ich bin gerührt. Ich danke Ihnen, Victor«, sagte Winfried Fröhlich. Er zündete sich eine Filterzigarette an, drehte sich zum Spiegel und klebte die andere Wimpernreihe an. »Mein Vater besaß ein Wanderpanoptikum, schon viele Jahre vor dem Krieg. Anfangs mit allen möglichen Sehenswürdigkeiten wie dem Kiefer eines Walfischs, geologischen Kuriositäten, ausgestopften Tieren und tropischen Schmetterlingen. Später kamen noch historische Wachsfiguren hinzu. Lebensgroß. Die stammten, glaube ich, aus Wien. Tristan und Isolde, Romeo und Julia, Faust und Gretchen, Dante und Beatrice, Cäsar und Kleopatra und sonstiges junges Glück.
Am Eingang stand Dante mit einer Sturmlaterne, das weiß ich noch. Eines Tages kam mein Vater mit dieser Trompete an, spielend kam er damit herein. *Alte Kameraden.* Das hatte er früher in einer Blaskapelle gelernt.
Ich weiß nicht, warum er es tat, jedenfalls tauschte er die Sturmlaterne gegen die Trompete aus. Es kam ihm männlicher vor, vermute ich, siegesgewisser. Ab und an hörte ich meinen Vater darauf spielen, *Puppchen, du bist mein Augenstern* und *Denkst du nie daran, was kommen kann.* Die Trompete war so gut wie neu. Dazu gehörte auch noch ein schöner schwarzer

Koffer. Den habe ich bekommen. Darin bewahrte ich meine Spielsachen auf. 1942 oder '43 hat er den Laden dann geschlossen. Sämtliche öffentlichen Vergnügungen wie Jahrmärkte und Rummelplätze wurden auf die Zeit nach dem Endsieg verschoben. Das Panoptikum verschwand in einem Lagerraum hinter unserem Haus. Dort sah ich die Wachsfiguren in ihren Kisten liegen, wenn mein Vater am Herumkramen war. Ein gräßlicher Anblick, diese starrenden toten Augen. Wie alt werde ich da gewesen sein, vielleicht fünf, sechs.
Während des schweren amerikanischen Bombenangriffs vom dritten Februar 1945 wurde die Lagerhalle getroffen und kurz danach unser Haus. Meine Mutter geriet unter einen brennenden Balken und war auf der Stelle tot. Mein Vater und ich standen auf der Straße, mit nichts als der oberen Hälfte von Isolde, die hatte er nämlich, um etwas daran in Ordnung zu bringen, der Kälte wegen ins Haus mitgenommen, mit der Trompete, die als Prunkstück im Flur hing, und einem Koffer, in dem, wie sich hinterher herausstellte, nur ein paar Kleidungsstücke meiner Mutter waren.«
Dröhnendes Gelächter ertönte, Applaus und Gejohle. Eine übermäßig geschminkte, schwitzende Frau im Dirndl stolperte in die Garderobe und rief klagend: »Ich bin ja dermaßen berühmt, hört euch den Applaus an. Mehr, mehr. Sie können nicht genug von mir bekommen, aber ich zum Glück von ihnen.« Sie zog sich die Zopfperücke vom Kopf und fragte mit tiefer Männerstimme: »Hat jemand eine Zigarette für mich?«

Winfried Fröhlich erhob sich, klipste sich zwei Straßohrringe an und schlüpfte in ein Paar Lackpumps. Victor Klein erhob sich ebenfalls. Verdattert, als sei er durch die Zeit getaumelt. Die groteske Geschichte seiner Conn, die Frauen, die keine Frauen waren, das Ineinandergreifen von tatsächlicher und nachgespielter Vergangenheit, das alles wirbelte ihm im Kopf herum. Eigentlich wollte er gehen, aber er hatte noch eine Frage. Konnte er die jetzt noch stellen? Er kam sich unbescheiden vor, wie ein Eindringling. Er sah scheu zu Winfried Fröhlich, der sich gerade parfümierte und mit einer plötzlichen Schwüle in der Stimme fragte: »Ach, lieber Victor, würden Sie mir mal die Boa geben? Nein, die weiße. Danke sehr, äußerst liebenswürdig von Ihnen.«
Vor ihm stand strahlend Zarah Leander, ein mysteriöses Lächeln auf den Lippen. »Darf ich Sie noch etwas fragen? Wie kam die Trompete in den Besitz Ihres Vaters?«
Winfried Fröhlich warf einen raschen Blick auf den Dirndlmann, der rauchend zuhörte. »Wieso? Ist das denn von Bedeutung?«
Victor Klein zuckte mit den Achseln. »Für mich schon, das Instrument ist mir ans Herz gewachsen, und ich muß nun mal die Vergangenheit einiger Dinge kennen. Sonst kann ich nicht schlafen.«
»Hast du meine Adresse am Nollendorfplatz? Komm morgen vormittag auf eine Tasse Kaffee vorbei. Aber nicht zu früh. Jetzt muß ich arbeiten. Tschüs, mein Lieber.«
In dem überfüllten Wohnzimmer waren die Lampen gelöscht. Victor Klein lehnte sich an die Bar

und bat flüsternd um ein Glas Wasser. Ein Spot flammte auf. Wie eine Fürstin der Nacht schritt Winfried Fröhlich ins weiße Licht.
Der Wind hat mir ein Lied erzählt.
Winfried Fröhlichs Stimme war die Stimme Zarah Leanders geworden, das gleiche dunkle Timbre, das gleiche rollende R.
Allein bin ich in der Nacht, meine Seele wacht und lauscht.

Am nächsten Morgen hatte Winfried Fröhlich seine Weiblichkeit verloren. Er lief geschäftig in Cowboystiefeln und Jeans zwischen Küche und Wohnzimmer hin und her, stellte Kuchenteller auf einen ovalen Marmortisch. »Ich komme gleich, aber erst muß ich mich dem Kaffee widmen. Und ich muß deine Blumen noch ins Wasser stellen. Spiel mal was, ich hör dich auch in der Küche. Es ist doch wirklich verrückt, daß die Trompete nach all den Jahren wieder hier liegt.«
Die gutgemeinte Bitte brachte Victor Klein in Verlegenheit. Mußten nicht in der Tat ein paar Noten in Berlin gespielt werden? Gehörte sich das nicht aus Ehrerbietung gegenüber der Trompete, die hier das Feuer überlebt hatte, und gegenüber dem Jungen von damals?
»Ich hör noch nichts.«
Er konnte einem Fremden doch nicht seine unbeholfenen Töne vorspielen. Nur sein Lehrer kannte die und Freund Booker, Gott habe ihn selig. Wenn es nur nicht so demütigend schrill klingen würde. Er nahm die Conn in die Hand, blies die Feuchtig-

keit heraus und stimmte leise die ersten Takte von *I Cover the Waterfront* an.
Er hörte seinen Zahn knacken.
»Gut, weiter«, rief Winfried Fröhlich aus der Küche und begann die Fortsetzung zu summen.
»Nein, lieber nicht. Meine Lippen sind heute indisponiert. Außerdem schäme ich mich.« Victor Klein sah nach draußen. Nicht an den Zahn denken. »Hat Christopher Isherwood nicht auch hier am Nollendorfplatz gewohnt?«
»Isherwood? Der hat in der Nollendorfstraße Nummer siebzehn gewohnt. In der Pension von Fräulein Schröder.«
Winfried Fröhlich goß Kaffee ein und bot große Stücke Schokoladentorte an. Er ließ sich neben Victor Klein auf das Sofa fallen, schlug die Beine übereinander und schob die Ärmel seines grauen Pullovers hoch. Mit dem silbernen Ring an seinem kleinen Finger tickte er an den Schallbecher der Conn. »Mein Vater war, was man ein echtes Nazischwein nennt, SA-Angehöriger, hat sich an der Reichskristallnacht beteiligt, Menschen verraten. Das sah er als seine heilige Pflicht an. Als Kind mußte ich Salz auf Nacktschnecken streuen. So würde in Zukunft alles Minderwertige ausgemerzt. Meine Mutter war eine Mitläuferin, stand treu mit einem Fähnchen am Straßenrand und jubelte, wenn es einen Aufmarsch gab oder wenn ein Parteibonze vorbeifuhr.«
Er trank von seinem Kaffee und nahm den Kuchenteller in die Hand. »Diese Trompete stammt aus einem Haus, in dem sich ein paar Leute vor den

Nazis versteckt hatten. Das muß gleich zu Kriegsbeginn gewesen sein, im Winter 1939. Sie wurden verraten, und irgendwie hatte mein Vater etwas damit zu tun. Ich weiß jedenfalls, daß sie da einen Musiker geschnappt haben, das habe ich meinen Vater später erzählen hören. Ich erinnere mich übrigens, daß er nicht nur mit dieser Trompete, sondern auch mit einer Vase und diversen Besteckteilen nach Hause kam. Schlicht und ergreifend gestohlen, vermute ich. Was mit den Leuten passiert ist, kannst du dir ja denken.«
Er schwieg, stand dann auf und sagte: »Bin gleich zurück, einen Moment.« Victor Klein nahm die Conn auf den Schoß, legte die Finger auf die Ventile. So also sah die Vergangenheit aus, ein untergetauchter Musiker und eine verstummte B-Trompete. Zum Schweigen verurteilt.
Er schaute wieder aus dem Fenster auf den verregneten Nollendorfplatz unter ihm. War es nicht unrecht, daß die Conn bei ihm lebte, auch wenn Max Belling seine Existenz damit erblasen hatte? Er dachte an Mevrouw Bellings unbekümmerte Anzeige: Zu verkaufen: Gasheizung, Sonnenschirm, Trompete und noch irgend etwas. Der Abfall der Zeit. Er legte die Conn neben sich, senkte den Kopf und versuchte, seine Traurigkeit hinunterzuschlucken. Die Vergangenheit hatte ihm seine Trompete abgelistet.
Er spürte eine Hand auf seiner Schulter. »Wollen wir uns nicht duzen, Victor? Ich habe die Geschichte von meinen Eltern nicht oft erzählt. Es ist doch so, als wäre man dadurch befleckt. Ich bin froh, daß ich keine Kinder habe. Nach mir hört es auf.«

Winfried Fröhlich legte eine goldene Taschenuhr auf den Tisch. Er zeigte darauf. »An den Tausch damals kann ich mich kaum noch erinnern. Er fand auf der Straße statt, zwischen Trümmerhaufen. Dieser Holländer trug einen Hut und hatte einen Rucksack, in den er die Trompete steckte.«
»Was glaubst du, warum hat dein Vater die Trompete getauscht?«
»In erster Linie, weil wir kaum etwas anderes hatten, und vielleicht auch, um den Beweis für seinen Diebstahl verschwinden zu lassen. Obwohl ich mich frage, ob er sich darüber groß Gedanken gemacht hat. Das einzige, worüber er sprach, war der Tod seiner Frau. Unaufhörlich. Er heulte wie ein Kind. Als ob nur sie im Krieg umgekommen wäre. Jedenfalls behielt mein Vater die Zigaretten und gab mir die Uhr. Im nachhinein betrachte ich sie als sein Abschiedsgeschenk, denn wir sind kurz danach auseinandergegangen. Er hätte mir im übrigen lieber die Zigaretten geben sollen, die waren damals sehr viel mehr wert.
Ich bin bei einer Tante aufgewachsen. Mein Vater zog in die Nähe der Oranienburger Straße. Erst in einen Keller und später ins Obergeschoß. Durch die Mauer wurden wir Gott sei Dank getrennt. Er im Osten, ich hier. 1964 ist er gestorben. Herzanfall. Von einem Verwandten, der auch hinter der Mauer lebte, bekam ich damals einen Brief. Mein Vater saß tot am Tisch, vor sich einen Teller Kartoffelsuppe. Ihm gegenüber saß Isolde in den Kleidern meiner Mutter. Auch vor einem Teller Kartoffelsuppe.«

Er goß Kaffee nach und nahm die Taschenuhr in die Hand.
»Wann fährst du nach Holland zurück?«
»Morgen.«
»Würdest du der Witwe die Uhr ihres Mannes zurückgeben? Sie geht nicht mehr, aber vielleicht kann man sie reparieren. Bestell ihr Grüße von Zarah Leander.«
Victor Klein klappte den Deckel auf, auf der Innenseite stand in verschnörkelten Buchstaben: »Johan Belling, 26. Juli 1925, Leiden.«
An der Tür hielt Winfried Fröhlich ihn fest: »Schade, daß du erst so kurze Zeit spielst, sonst hätten wir mal zusammen auftreten können. In meinem Schrank hängen noch die schönsten Kleider. Wenn du dir die Haare aufstecken würdest, gäbst du eine bildhübsche Trompeterin ab, etwas dominant, aber das kommt hier gut an. Mach's gut, Victor. Umarme Amsterdam von mir.«
»Ich werde das Meer von dir grüßen.«
Winfried Fröhlich küßte ihn auf beide Wangen.

In der Nacht vor seiner Abreise wurde Victor Klein wach. Der Kopf schwirrte ihm vor Wehmut und einem Gefühl des Unbehagens. Er setzte sich im Dunklen auf. Er wußte, etwas hatte sich in seinem Leben für immer verändert. Seine Zunge verschwand in einem weichen Loch, zwischen den Falten des Bettlakens entdeckte er seinen Zahn. Er dachte einen Moment an Elisa, zog die Decke über sich und schlief weiter. Mit dem Zahn in der geballten Faust.

Time on my hands

Kim hatte ihm im Flur die Hand auf die Schulter gelegt, ihm über den Rücken gestreichelt, ihre Wange gegen die seine gedrückt. Warum er nichts mehr von sich hören lasse? Und was, um Himmels willen, sei mit seinen Zähnen passiert? Die sanften Mädchenfinger, die seine Lippen öffnen wollten.

Warum er nie etwas erzähle, nie anrufe? Eines Tages würde sie in der Zeitung lesen, daß er gestorben sei. Warum er sich so benehme, als ob sie Fremde wären? Er sei doch ihr Vater. Oder nicht? Warum ihm jetzt plötzlich ein Zahn fehle? Ob er Schmerzen habe? Er habe doch nicht geweint? Oder doch? Victor!

Victor Klein hatte sich geschämt, die ganze Zeit den geschundenen Mund abgewandt, verlegen den Kopf geschüttelt. Die liebevollen Vorwürfe seiner Tochter wühlten Trauer in ihm auf, verstärkten das Gefühl der Verlassenheit noch.

Im Wohnzimmer setzte sich Kim vor ihn hin und legte die Hände auf seine Knie.

Er hüstelte, musterte eingehend seine Schuhe und wartete, bis er seine Stimme wieder unter Kontrolle hatte. »Ich denke«, sagte er, »das war ein ganz sensibler Zahn, der dem Leben einfach nicht gewachsen war. Der dem nicht gewachsen war, dem er in all den Jahren ausgesetzt war. Der Wortflut, die ihn täglich von hinten ansprang. Sieh nur, wie schmal

er ist.« Er zog eine Streichholzschachtel aus der Hosentasche und schob sie auf.
»Mausetot. Man kann noch ein wenig damit klappern, mehr nicht. Aber Trompetespielen ist für immer vorbei.«
»Warst du wenigstens beim Zahnarzt?« fragte Kim. Er nickte und legte die Streichholzschachtel auf den Mauser-Tisch. »Krieg wohl meine dritten Zähne.«
»Jetzt hör aber auf, Victor, so alt bist du noch nicht.«
Er lächelte. Wie geschickt seine Tochter eine Zigarette drehen konnte. Schon so erwachsen, so verdorben. »Gib mir auch eine, die Pfeife sitzt im Moment nicht gerade wie angegossen.«
Kim reichte ihm eine brennende Zigarette. »Parodontitis«, sagte er und blies den Rauch weg. »Zahnfleischgeschichte. Ich kann eine Teilprothese bekommen mit so einem Zahn aus 'nem Scherzartikelladen, aber das soll schlecht für die übrigen Zähne sein. Eine Zahnfleischoperation wäre auch möglich. Aber das ist vermutlich schmerzhaft und bestimmt kostspielig.«
»Soll ich Mama um Geld bitten? Ich fahre morgen sowieso nach Noordwijk.«
»Nein, Kim, kommt nicht in Frage! Ich habe bald so viel Geld, daß ich mich jede Woche an einem Organ meiner Wahl operieren lassen könnte. Wirklich, hier, schau.«
Er nahm einen Brief vom Schreibtisch. »Eine Anfrage von der hiesigen Zeitung, ob ich jede Woche einen Beitrag für sie schreiben könnte.«
»Prima, dann frag ich sie nicht. Ich fahre nämlich

übermorgen mit Elisa für vierzehn Tage in Urlaub, nach Portugal. Wo ist eigentlich Booker?«
»Booker? Er ist tot, der alte Vogelfreund. Ich habe ihn am gegenüberliegenden Ufer des Teichs begraben. In meinem Trompetenkoffer mit einer Tüte Nüsse. Der hat keinen Grund mehr zum Klagen, würde ich sagen. Wie geht es dir eigentlich? Läuft alles gut?«
»Ich bin zufrieden und manchmal glücklich, wenn du das meinst, aber das ist ja ein Wort, das dir nicht über die Lippen kommt.«
Kim stand auf, ging zu dem Fenster am Schreibtisch und kurbelte die Jalousien hoch. »Ist doch eine schöne Stadt.«
Victor Klein drückte seine Zigarette aus. »Sollen wir irgendwo einen Happen essen gehen?« schlug er vor. »In der Regel habe ich kaum Vorräte im Haus. Ich kann dir Apfelmus anbieten und einen vitaminreichen Gemüsecocktail.«
»Läßt du bitte ganz schnell was mit deinen Zähnen machen?«
»Nächste Woche muß ich wieder zum Zahnarzt. Ich paß schon auf mich auf, mach dir keine Sorgen.«
»Vermißt du Elisa?«
Er sah seine Tochter schweigend an. War das keine ungehörige Frage an einen Vater in gebißzerrütteten Umständen? Hatte er nicht schon genug Probleme, wo ihm nun auch noch der Traum mit der Conn genommen war? Warum mußte es ausgesprochen werden? Außerdem lispelte er.
Er nahm die Streichholzschachtel in die Hand und ließ den toten Zahn herumtanzen.

»Ja«, sagte er.
Victor Klein zog die Hand aus Bookers Käfig und trat einen Schritt zurück. Durch die Gitterstäbe blickte er auf die Erinnerungsstücke, die er zusammengetragen und eingeschlossen haben wollte. Alles flog hier nur rum, das mußte ein Ende haben. Keine Unordnung mehr im Haus, er duldete keine Unordnung mehr. Ganz hinten in den Käfig hatte er die norwegische Karte mit dem lesenden Mann und dem Papagei gestellt, darunter die drei flauschigen grauen Federn, die er von Booker besaß, ferner eine angesengte Ecke von Elisas Adreßänderungskarte, die er in einer Balkonritze gefunden hatte, daneben seinen Zahn. Und ganz vorn, in den sauberen Sand, den er über den Boden gestreut hatte, das schimmernde Irving-Bush-Mundstück.
Er zischte nachdenklich und schloß den Käfig. Sollte er einmal eine lange Reise machen, nach Kanada vielleicht oder nach Island, dann würden ihn diese Gegenstände begleiten, in einem wasserdichten Etui, das er auf der Brust tragen würde.
Er schlürfte ein wenig aus einer Schale Joghurt, die auf seinem Schreibtisch stand, und lauschte währenddessen mit einem Ohr einer Diskussion im Weltempfänger über die Frage, woher es komme, daß einige Nesselpflanzen bei Berührung keinen Schmerz verursachen, wenn man dabei den Atem anhält.
Vielleicht hätte er in Berlin, als er an die Vergangenheit der Conn gerührt hatte, ebenfalls den Atem anhalten sollen. Doch er war, gierig ein- und ausatmend, mit ausgestreckten Händen darauf losge-

rannt. Manchmal war es besser, auf Distanz zu bleiben. Wie Max Belling, der dem Instrument sein Leben lang Töne entlockt, es sogar mit seinem Namen verziert hatte, ohne Genaueres zu wissen.
»Nun ja«, sagte die Stimme im Lautsprecher, »bekanntlich sind die Haarspitzen der Nesselpflanzen so brüchig, daß sie bei der leisesten Berührung abbrechen. Die scharfen nadelförmigen Spitzen dringen in die Haut und verursachen ...«
Victor Klein schaltete das Radio aus. Er faltete ein unbenutztes Laken auseinander und ließ es über den Käfig fallen. So, tempi passati.
Er schleppte die Matratze aus dem Abstellraum, die er seit dem Aufbau des Hochbetts nicht mehr benützt hatte, und legte sie vor den Bücherschrank im Wohnzimmer. Hier wollte er in Zukunft schlafen, bei geöffneter Balkontür, damit der kühle Abendwind ihm in den Mund dringen und ihm die üblen Träume aus dem Kopf blasen konnte. Jede Nacht hatte er einen Alptraum. Er schmeckte sie morgens noch auf der Zunge. Die flügelschlagenden Schulterblätter seiner Frau, nackt wie in einem Schlachthaus. Die Conn, die keinen Anfang und kein Ende hatte und rund wie ein goldener Ball auf dem Boden lag. Booker, der schreiend vor ihm stand und ihm einen blutenden Riß im Gefieder zeigte. Was hatte er damit zu schaffen?
Er schob den Klavierhocker neben die Matratze und stellte das Telefon und den Anrufbeantworter darauf. Im Schlafzimmer packte er das Kopfkissen und die Decken zusammen. Er sah sich um. Ja, nur fort aus diesem Zimmer, weg von all den ruhelosen Stun-

den im Hochbett, vom nächtlichen Starren auf den Flughafen. Weg auch von der Trompete, die er nicht mehr spielen konnte.
Nach seiner Rückkehr aus Berlin war er noch einmal in den Musikkäfig gekrochen. Beim grellen Licht der Handlampe hatte er seine Übungsbücher aufeinandergestapelt, in den alten Ausgaben mit den unvergänglichen Melodien geblättert, von denen er so gehofft hatte, sie würden eines Tages vollendet von seinen Lippen kommen. Er hatte die Conn wütend gepackt und hineingeblasen. Seine vorstoßende Zunge war in das schwammige Loch zwischen den Zähnen gerutscht. Ein kläglicher, hilfloser Ton, sein letzter. Als hätte er nie gespielt. Als kennten sie sich nicht. Als wären sie bereits auseinandergegangen.
Er hatte seinen Lehrer angerufen und gesagt, daß er nicht mehr zum Unterricht kommen könne, er habe einen Zahn verspielt.
»Das tut mir aber sehr leid für dich. Du hattest so viel Spaß daran. Ja, Mensch, an den Zähnen darf man nichts haben. Dann ist es aus. Ein Pianist spielt auch nicht mehr mit Rheuma in den Fingern. Ich sage dir, schon eine millimetergroße Veränderung im Gebiß verdirbt dir den Ton. Dann kannst du von vorn anfangen, hab ich schon erlebt. Aber gut, du hast für dein Alter doch noch eine Menge geschafft und jetzt kannst du immerhin Noten lesen. So mußt du das sehen. Du wolltest ja nicht auf die Bühne. Was? Klar, Chet Baker hat in den letzten Jahren mit einem künstlichen Gebiß gespielt, aber das war auch zu hören. Aber vergiß nicht, da hatte er

schon vierzig Jahre gespielt. Und du gerade mal eins. Aber ich finde es wirklich schrecklich für dich. Letztendlich ist Trompetespielen ein Kampf, bei dem man immer verliert. Wenn du allmählich weißt, wie's geht, wie's klingen muß, dann ist es zu spät. Und was machst du jetzt mit deiner Trompete? Na schön, wenn du dich doch noch entschließen solltest, sie zu verkaufen, dann übernehme ich sie gern. Muß aber nicht sein, hörst du. Vielleicht willst du sie bei dir im Wohnzimmer aufhängen. Überleg's dir. Kommst du noch mal vorbei? Wenn ich wieder mal Karten hab, ruf ich dich an. He, Victor, laß den Kopf nicht hängen, ja? Sterben ist schlimmer. Ich werde für zwei spielen, ja? Bist du noch dran? Ja, ich dachte, du hättest aufgelegt. Wir sehen uns, okay?«

Er hatte zitternd geheult, Elisa verflucht, vor allem Elisa. Auf dem Balkon hatte er sich langsam wieder beruhigt. Dann hatte Kim geklingelt.

Victor Klein trat sanft gegen die selbstgezimmerten Türen des Musikkäfigs. Ich weiß, daß du da bist, unter Bookers Tuch, auf dem Ständer. Aber ich komme nicht mehr rein. Ich empfinde Ehrfurcht und Abscheu. Schließlich kenne ich deine Geschichte. Bin ihr zu nahe gekommen. Vielleicht mußt du für immer versteckt bleiben. Aber ich weiß, wie du geklungen hast. Das zumindest weiß ich.

Er machte sein Bett im Wohnzimmer, schloß die Musikanlage in Reichweite an und sortierte seine CDs für eine Woche in Morgen-, Mittag- und Abendmusik. Morgens Glenn Gould mit Bach,

Skrjabin, Schönberg, Berg, Hindemith, nach zwölf Uhr Brown, Baker, Morgan, Eldridge, Navarro, Newman und für die Dunkelheit die englischen und amerikanischen Orchester, die ihm soviel Sehnsucht nach anderen Zeiten einflößten, Ray Noble, Paul Whiteman, Roy Fox, Bert Ambrose, Jack Payne. Aus dem Bücherschrank suchte er einige aufheiternde Werke heraus und legte sie an sein Kopfende, »The Singing Detective« von Dennis Potter, »Haben Sie Hitler gesehen?« von Walter Kempowski und »Uit de schrijfcassette« von Lodewijk van Deyssel.

Er setzte sich auf den Schreibtisch und nickte. Wie hübsch alles rund um sein Bett aufgebaut war. Noch ein Brett zum Arbeiten, etwas zu essen, und er bräuchte gar nicht mehr aufzustehen. Wenn er nur nicht alle seine Zähne verlor.

Er ging ins Badezimmer und betrachtete sich im Spiegel. Wie wär's, wenn er sich die Haare abrasieren ließe?

Guten Morgen, Mijnheer Klein, lange nicht gesehen. Ein bißchen nachschneiden?

Nein, alles abrasieren, mit Ausnahme der Augenbrauen. Und bitte etwas hurtig. Ich verlasse nämlich das Land. Eine Fußwanderung durch die Rocky Mountains. Sie verstehen, Entbehrungen und Hindernisse. Keine Gelegenheit zum Waschen, Föhnen. Ja, ich muß mal wieder bis an meine Grenzen gehen, die Einsamkeit aufsuchen. Fangen Sie an, denn die Zeit läuft davon.

Sehr kurze Haare, das war eine gute Idee. Das würde hart machen und kampflustig. Wenn das Leben

Krieg wollte, dann konnte es Krieg bekommen. Hiermit erkläre ich mich für ungebrochen.
Er bleckte die Zähne.
Hör auf, Victor, so alt bist du doch nicht. Dieses Loch, dieses ekelerregende Loch, in dem der Tod hauste. Sieh dir das an, Elisa, ich verliere die Zähne! Und dabei bin ich doch noch ein Junge.
Seine Hand suchte nach dem Duschkopf. In Zeitlupe sah er die Hand hinter seinem Schädel auftauchen und im Spiegel verschwinden. Wer schrie da in diesem silbernen Splitterregen? Eine Scherbe blieb zitternd hängen, wie eine Strieme. Darin starrte ein dunkles Auge ihn erbarmungslos an.

Mevrouw Belling lag auf dem Bett mit dem Gesicht zur Wand. Er lächelte gerührt beim Anblick des kleinen runden Rückens in der blauen Strickjacke und der Beine, die aus dem etwas hochgerutschten grauen Rock ragten, dünn und zerbrechlich wie die eines Vogels.
Ob Elisa auch solche Beine bekommen würde? Warum war er eigentlich immer noch so bitter? Jeder würde schließlich mit solchen Beinen enden. Gezeugt und verblüht, dazwischen ein sinnloses Innehalten, hin und wieder mit etwas Herzklopfen, einem Traum, einem Kind.
Am Fenster stand ein Rollstuhl mit roten Handgriffen. Er zögerte, ob er sie wirklich wecken solle, wie ihm die Pflegerin auf dem Flur mit kräftiger Stimme geraten hatte: »Sonst schläft sie ja doch nur den ganzen Tag, und nachts liegt sie dann wieder wach.«

Er sah ein im Rahmen verrutschtes Foto über dem Bett und trat überrascht einen Schritt näher. Max Belling, die Conn locker in den Händen, wie er sich an die Reling eines Schiffes auf hoher See lehnte. Sein weißes Hemd war am Kragen offen, und in seinem Gesicht spielten Wind und Sonne. Victor Klein beugte sich vor und las die handschriftlichen Worte in der rechten unteren Ecke, die zum Teil vom Rahmen verdeckt wurden. Liebe Wil, ich liebe D. Dein treuliebender Ma. Holland-Amerika Li. September 19.

»Wer ist da?« Mevrouw Belling drehte sich ächzend um. Es dauerte einen Moment, bevor sie ihn erkannte. »Ach, mein Junge, wie kommst du denn hierher? Hilf mir mal hoch. Ich schlafe und schlafe. Ich komme mir schon vor wie Dornröschen. Ich habe dich gar nicht reinkommen hören. Wie geht es dir?«

Sie brachte ihr dünnes graues Haar in Ordnung. »Setz dich erst mal, wirf den Morgenrock einfach auf den Tisch. Willst du mir was vorspielen? Den Hochzeitsmarsch?«

»Nein, das nicht. Aber ich habe Ihnen etwas aus Berlin mitgebracht.«

Er legte ihr die goldene Taschenuhr in die Hand.

»Was ist das?«

»Die Uhr, die Ihr Mann seinerzeit in Berlin gegen die Trompete getauscht hat. Johan Belling ist in den Deckel eingraviert.«

»Du lügst, das darf doch nicht wahr sein. Wie ist das nur möglich? Lieber Gott, sieh dir das an. Ach, wenn Max das noch erlebt hätte. Die hat er von

seinem Vater geschenkt bekommen, als er nach Deutschland mußte.«
Victor Klein reichte ihr ein Papiertaschentuch, mit dem sie sich zittrig die Tränen wegwischte. Er legte den Arm um sie und erzählte, etwas abgemildert, vom Sänger Winfried Fröhlich, von dessen Vater, dem Panoptikumbesitzer, und der Rettung der Trompete aus dem Flammenmeer.
Mevrouw Belling betastete kopfschüttelnd die Uhr, die in ihrem Schoß lag. »Die Leute haben auch was mitgemacht. Nicht zu fassen. Ich werde dem Jungen eine Karte schicken, oder würdest du das für mich tun, ich kann kein Deutsch. Hat er die Uhr einfach so hergegeben? Ich kann's nicht glauben. Warum tut jemand so was?«
»Einfach aus Freundlichkeit, glaube ich. Die Uhr steht leider, ich denke, eine Feder ist kaputt. Aber ich kann sie für Sie reparieren lassen, wenn Sie wollen.«
»Bist du verrückt, ich geh auch nicht mehr. Ich hab jetzt Räder.« Sie drückte seine Hand. »Jetzt muß ich dir eigentlich die dreihundert Gulden zurückgeben, die du für Maxens Trompete bezahlt hast. Eigentlich schon.«
»Dann schulde ich Ihnen noch ein Päckchen Zigaretten.«
Sie lachte ihn an und zeigte plötzlich auf seinen Mund. »Was hast du denn da? Hast du einen Zahn verloren? Kannst du dann überhaupt noch spielen?«
»Demnächst wieder, ich bekomme eine Prothese.«
»Na, was für ein Glück, an den Zähnen darf man

nichts haben, hat Max immer gesagt. Der hat immer sehr gut auf sein Gebiß achtgegeben. Ich hab manchmal gesagt: Du paßt besser auf deine Zähne auf als auf mich. Gott, die Uhr von seinem Vater, ich kann's nicht fassen. Das ist genauso, als ob ein Stück von Max aus dem Himmel gefallen wär. Ich weiß nicht, wie ich das sagen soll.« Ihre Hand umschloß die goldene Uhr. »Als ob ich Hilfe beim Sterben bekommen habe. Mir geht's nämlich nicht so besonders. Es wird nicht mehr lang dauern, bis ich wieder bei Max bin, das spüre ich. Ich sag ihm dann, daß du ein guter Junge bist und daß seine Trompete ein gutes Zuhause hat.«
Victor Klein schwieg.
»Ich würde dir so gern was geben. Ich muß dir doch was geben, nicht?«
»Ich möchte wirklich nichts, Mevrouw Belling.«
»Ich habe ja auch nichts mehr. Eine Schachtel Lavendelseife, aber die willst du natürlich nicht. O, wart mal, ich hab noch ein Paar Manschettenknöpfe von Max, aber wo hab ich die bloß versteckt?« Sie sah sich suchend im Zimmer um, machte Anstalten, aufzustehen.
»Ich trage keine Manschettenknöpfe. Wenn Sie mir etwas schenken wollen, dann schreiben Sie in Ihr Testament, daß dieses Foto von Ihrem Mann auf der Holland-Amerika-Linie für mich ist.«
»Wirklich? Das finde ich schön. Dann landet es wenigstens nicht im Müll.«
»Es sei denn, irgendwelche Verwandten . . .«
Sie machte eine wegwerfende Handbewegung.
»Eine Nichte in Utrecht. Kommt nie.«

Sie versuchte sich zur Wand umzudrehen. »Gutaussehender Bursche, was? Da war er so ungefähr fünfundvierzig. Ein guter Mann. Du bekommst das Foto. Oder willst du es gleich mitnehmen?«
»Auf gar keinen Fall. Ich muß jetzt gehen. Wenn ich wieder mal in der Nähe bin, mache ich Ihnen meine Aufwartung.«
»Gut, mein Junge, dann mach ich noch mal kurz die Augen zu. Ich bin immer so müde, ich könnte die ganze Zeit schlafen.«
Er half ihr, sich hinzulegen, zog sie etwas höher auf die Kissen. Wie leicht sie war, die Frau von Max Belling. Ein Herbstblatt. Hoffentlich kam kein Wind.
»Schade, daß du Max nicht gekannt hast, ihr hättet euch bestimmt gut verstanden. Ihr hättet zusammen spielen können. Hätte er gern gemacht.«
»Wo ist Max eigentlich beerdigt?«
»Max ist eingeäschert worden, und seine Asche wurde ins Meer gestreut. Das möchte ich auch. Ich will nicht, daß an mir rumgenagt wird. Einfach an die frische Luft. Zieh die Vorhänge ein bißchen zu, ja?« Sie schloß die Augen, hielt die Uhr an die Brust gedrückt. Ihre Lippen bewegten sich. Sprach sie mit der Nacht? Victor Klein wußte, daß er sie nicht wiedersehen würde.

Es war ein Tag mit mildem Licht und gedämpften Geräuschen, erlöst vom flirrenden Sonnenschein, der überallhin drang, die dunklen Töne des Grases und der Bäume ausblich, die Luft trocken und staubig machte.

Er stand auf dem Balkon und rauchte eine Selbstgedrehte. Der Teich lag graphitgrau unter dem fahlen Himmel und erschauerte von Zeit zu Zeit, wenn der laue Wind darüberstrich.
Victor Klein hatte seinen Musikkäfig abgebaut, die Schalldämpfer, das kaum benutzte 3c-Mundstück, den zusammenklappbaren Notenständer, die Pflegemittel und den Trompetenständer in einen Karton gelegt. Den würde er gelegentlich bei Toon Verhulst vorbeibringen. Später einmal, wenn ihn das alles nicht mehr berührte. Die Fotos der verstorbenen Trompeter, den Quintenzirkel und die Grifftabelle hatte er zwischen seine Notenbücher geschoben und in den Abstellraum gebracht. Aus den Augen mit allem!
Das Hochbett und den alten Fernseher hatte er dem Honigkuchenvertreter unter der Bedingung geschenkt, daß dieser das Bruchholz und die zerrissene Schaumgummiverkleidung des Musikkäfigs auf eine Müllkippe bringe. In der Mitte des leergeräumten Schlafzimmers lag nur noch die sorgfältig zugedeckte Conn. Seine aufgebahrte Illusion.
Victor Klein warf die Zigarette hinunter.
Elisa durfte um keinen Preis erfahren, daß das Leben ihm schwerfiel, jetzt, da er keinen Schutz mehr hatte, nichts mehr besaß, woran er sich festhalten konnte. Warum hatte er sich von Kim überrumpeln lassen und zugegeben, daß er Elisa vermißte?
Er kann ohne dich nicht leben, Mama.
Wirklich? Wie dumm für ihn.
Er verliert die Zähne, alles wendet sich von ihm ab. Wahrscheinlich hat er auch kein Geld mehr, die

Kleider, die er trägt, sind alt. Nur seine Schuhe glänzen noch. Er geht unter. Er hat gesagt, daß du ihm fehlst, Mama.
Ich hab's gehört, Kim, aber wir haben alle unsere eigenen Sorgen.
Aber er war doch dein Freund?
Elisas spöttisch gekräuselte Lippen, ihre Worte in Pfauenblau.
Victor Klein spuckte ein paar Tabakkrümel von der Zunge, befühlte seinen Mund. Inzwischen hatte man ihm noch einen Schneidezahn gezogen. Die übrigen würden erhalten bleiben, hatte der Zahnarzt gesagt.
»Sie haben Glück, Mijnheer Klein, wir kommen fürs erste mit einer Teilprothese aus. Ich rufe an, wenn sie fertig ist.«
Er knurrte die Stadt an und bleckte die Zähne. Er war angeschlagen, aber untergehen würde er nicht. Der Schilfgürtel vor Bookers Grab bewegte sich, zwei Teichhühner tauchten auf.
Es wird alles wieder gut, Booker, du brauchst nicht aufzustehen. Es wird schon wieder. Du kennst mich doch? Ich muß nur lernen, mich wieder zu wappnen. Muß zusehen, daß ich nicht weiter verfalle.
Morgen würde er dem Chefredakteur der hiesigen Zeitung mitteilen, daß er die vorgeschlagene wöchentliche Verpflichtung übernehme.
Morgen würde er im Wald noch einmal nach der Frau im Lackmantel suchen. Vielleicht wartete sie ja schon seit Wochen vergeblich auf ihn, jeden Tag mit einem frischen Stück Rosinenbrot, in Folie verpackt. Vielleicht spielte sie ja nach Büroschluß

herzzerreißend Klavier oder Bandoneon. Das alles war nicht bekannt, mußte noch erforscht werden. Morgen würde er in die Stadt fahren, sich die Haare schneiden lassen, zwei dunkle Corneliani-Anzüge kaufen und Unterhosen der allerbesten Qualität. Morgen wurde er jedenfalls vom Direktor des Altersheims »Vor Anker« erwartet.
In der Küche machte er sich etwas Tomatensuppe warm, die er im Stehen an der Spüle aß. Hinter den Hängeschränken legte Mijnheer Scheffer mit seinem täglichen Hohelied los, der schreiende Wahnsinn, als werde er durch die Klapptüren der Hölle gestoßen. Victor Klein ließ den Löffel in sein Essen fallen, ging ins Wohnzimmer, schob *The Unanswered Question* in den CD-Player und streckte sich auf der Matratze aus.
Er legte eine Hand auf seine Augen.
Warum war er in diesem Wohnturm, den er »Vergangenheit« genannt hatte? Warum konnte man nichts ungeschehen machen? Keinen Gedanken, keine Handlung.
Vielleicht mußte er weg von hier.

Der Direktor des Altersheims war ein laut sprechender Mann mit Fliege und klebrigen Händen. »Immer traurig, so was, nicht? Sie ist gestern nachmittag in aller Stille eingeäschert worden. Ja, wir sind alle nur für eine gewisse Zeit hier, Mijnheer Klein. In was für einer Beziehung standen Sie zu ihr, wenn ich fragen darf?«
»Natürlich, Herr Direktor. Ich besitze die Trompete des verstorbenen Herrn Belling.«

»Richtig. Ja, ich glaube, sie hat mir mal erzählt, daß ihr Mann Trompete gespielt hat.« Er erhob sich, öffnete den Tresor und entnahm ihm einen braunen Umschlag. »Mevrouw Belling hat uns gebeten, nach ihrem Hinscheiden Kontakt mit Ihnen aufzunehmen, um Ihnen dies zu übergeben. Die übrigen Sachen sind heute morgen bereits von Verwandten aus Utrecht abgeholt worden.«
Victor Klein stand auf, fühlte im Umschlag den Fotorahmen.
»Wissen Sie etwas von einer goldenen Taschenuhr, die ich Mevrouw Belling vor kurzem gebracht habe?«
»Aber ja, die ist auf ihren ausdrücklichen Wunsch mit in den Sarg gelegt worden. Eine unserer Damen hat sie ihr mit einem Band um den Hals gebunden. Die ist also mit eingeäschert worden, Mijnheer Klein, so geht das. Manche Leute wollen sogar ihre Brille aufbehalten. Ich kann Ihnen im übrigen versichern, daß sie doch noch eine sehr schöne Zeit bei uns hatte. Aber so ein altes Herz, nicht wahr?«
Im Auto öffnete Victor Klein den Umschlag und ließ den Inhalt behutsam in seine Hand gleiten. Auf dem verrutschten Foto von Max Belling lagen drei Hundertguldenscheine.
Er starrte still vor sich hin und dachte an die Trompete, die aus dem Labyrinth der Zeit zu ihm gekommen war.
Sein Blick wanderte zu dem Stockwerk hoch, in dem Frau Belling gewohnt hatte.
Sorgst du gut für Maxens Trompete? Sie war sein Leben.

Er startete und nickte in den Rückspiegel.
Morgen.
Morgen würde er die Conn zurückbringen.

Victor Klein lag auf der Seite in einer Dünenmulde hinter dem Strand von IJmuiden und beobachtete einen kleinen braungrauen Käfer, der sich nicht bewegte. Die Sonne ging bereits unter und warf die Schatten von Seedisteln und Helmgras in den warmen, gelben Sand.
»Bist du tot oder weißt du noch was vom Leben?«
Der Käfer kroch los, wollte den Hang hinauf, doch der feine Sand rutschte ihm unter den Füßen weg. Dann kam er plötzlich einige Millimeter voran, wurde jedoch von einer Windbö umgeworfen, fiel auf den Rücken und strampelte, bis er wieder auf den Füßen war. Der Käfer probierte es von neuem, unternahm den Versuch, eine festere Sandwand zu erklimmen, und fiel auf halber Strecke rückwärts hinunter. Er zögerte, versuchte es noch einmal und fiel um. Und noch einmal. Und noch einmal.
Victor Klein schüttelte den Kopf.
»Ich will dir mal was sagen, Käfer, laß es lieber sein. Sonst verlierst du noch einen Zahn bei deinen halsbrecherischen Stürzen. Du hast doch keinerlei Halt mit solchen Füßen. Warum mußt du denn überhaupt nach oben? Oben stehen ein paar geschleifte Gefechtsbunker, und dahinter liegt brütend der Rest der Welt. Warum gehst du nicht nach unten? Dort gibt es, soweit ich sehen kann, keine Hindernisse, du brauchst nur die Beine einzuziehen, und schon rollst du von ganz allein. Bevor es dunkel ist,

hast du einen Schlupfplatz mit Blick auf die Meereswellen. Oder wohnt deine Frau etwa dort oben? Dann wünsche ich dir eine gute Reise.«

Victor Klein legte sich auf den Rücken, blies zu den Wolken hoch, die vom Meer kamen, und dachte daran, daß er noch immer nicht das Grab seiner Eltern besucht hatte. Seine Mutter liebte Maiglöckchen, ob es die so spät im Sommer noch zu kaufen gab?

Victor, wir haben eine schreckliche Nachricht für dich. Deine Eltern sind bei einem Verkehrsunfall ums Leben gekommen.

Alle beide? Meine Mutter auch? Warum?

War er nicht um ein Haar umgekippt? Fast alles vergessen. Ein stützender Arm, ein auf ihn einredender Mund. Wer hatte ihm diese Unglücksbotschaft denn überbracht? Woher wußte dieser redende Mund, daß sie nicht gelitten hatten, daß sie auf der Stelle tot gewesen waren? Verbrannt waren sie, auf französischem Asphalt. Das war passiert. Ob sie noch an ihn gedacht hatten? Aneinander vielleicht, an ihre eigenen Eltern.

Zwei Särge. Auf dem seines Vaters Kränze und Bänder mit Namen aus dem Widerstand. Auf dem Sarg seiner Mutter Maiglöckchen. Die *Nocturne* für Streicher von Dvořák.

Seine Jugend sank in zwei mit Tannengrün ausgekleidete Gruben.

Vom Strand hörte er ausgelassene Kinderstimmen, und über den Dünen erschien plötzlich ein wild tanzender Drachen, ein Vogel mit ausgebreiteten Flügeln.

War das ein Zeichen?
Er setzte sich auf. Wenn nicht, so erklärte er es zu einem. Er zog die Papiertüte zu sich heran, nahm die Conn heraus, trommelte auf den Ventilen herum, rieb über einen matten Fleck in der Krümmung des Schallbechers, öffnete die Wasserklappe, schüttelte, aber es kam keine Spucke heraus. Er stand auf, in der Rechten die Trompete. Der Wind fuhr ihm in die Haare. Am Strand hockten zwei kleine Jungen vor ihrem abgestürzten Drachen, die letzten Badegäste zogen sich an, sammelten Handtücher und Sonnenschirme zusammen und stapften durch den Sand davon. Der Pier erstreckte sich verlassen ins Meer, am purpurfarbenen Horizont waren Umrisse von Schiffen zu erkennen.
Seine Bulova zeigte neun Uhr an. Es war Zeit, zu gehen. Er steckte die Trompete in die Einkaufstasche und folgte dem Muschelweg in Richtung der Strandpavillons und der auf Pfählen errichteten weißen Ferienhäuschen. Auf dem Nordseekanal kam ein riesiger Frachter angefahren, aus seiner Flanke schoß Wasser, und die stampfenden Maschinen dröhnten übers Meer.
Auf dem Pier bückte er sich, öffnete die Tasche und ließ mehrere Händevoll angewehten Sand in den Schallbecher der Trompete rieseln. Er sah sich scheu um. Ein Stück von ihm entfernt gingen noch ein paar Leute und ein Hund spazieren. Er trat auf die Basaltblöcke, die man als Verstärkung kreuz und quer vor die Außenseite des Piers ins Wasser gekippt hatte, und kletterte hinunter. Näher zum Meer.

Über seinem Kopf zogen Stimmen vorüber. Er duckte sich, der Schweiß lief ihm in die Augen.
»Passen Sie auf? Die Steine sind glatt.«
Victor Klein hob die Hand. »Ich suche Seesterne. Ich habe schon eine ganze Tasche voll.«
Er wartete, bis er allein war.
Die graue See sprang schäumend gegen die Basaltblöcke.
Ob es hier tief genug war?
Er zog die beschwerte Trompete aus der Tasche.
»Ab mit dir«, flüsterte er.
Unter einem Sandschleier verschwand die Conn im Meer.

Das Telefon klingelte, und nach dem dritten Mal schaltete sich der Anrufbeantworter ein.
»Dies ist der Anrufbeantworter von Victor Klein und Booker. Wir sind im Moment nicht zu erreichen, Sie können aber nach dem Piepton eine Nachricht auf Band sprechen. Wir rufen Sie dann zurück.« »Victor, hier ist Elisa. Wie geht's? Glaubst du, es hat Sinn, daß wir reden? Ich war gestern nachmittag bei dir, aber du warst nicht da. Rufst du mich an? Wenn ich nichts von dir höre, wirst du von mir auch nie mehr etwas hören. Rufst du an?«
Victor Klein drehte sich langsam zum Apparat, der wieder schwieg. Ein rotes Lämpchen ging an und aus zum Zeichen, daß eine Nachricht aufgezeichnet worden war.
Er erhob sich vom Schreibtisch und ging zum Balkon.

»Hast du das gehört, Booker? Das war Elisa. Sie hat mich etwas gefragt. Sie hat mich angerufen. Vielleicht sollten wir zurückrufen, Booker. Vielleicht. Was meinst du?«
Victor Klein grinste.
Er blickte auf Haarlem und begann leise zu summen.